光文社文庫

中年以後

曽野綾子

目次

中年以後

ただ人間だけがいる

——この世には神も悪魔もいないことを知る頃——

中年以後の人の心をずっと前から書きたいと考えていた。つまり青くない、幼稚でない人の心を、である。もちろん誰の心にも部分的に、いい年をして子供の時のまま、という部分は残っている。しかし聖書の中で聖パウロは、いみじくも子供であることと、子供っぽいこととの違いをはっきりと衝いている。

「物の判断については子供となってはいけません。悪事については幼子となり、ものの判断については大人になってください」(コリント人への手紙一 14・20)

これからも、私はときどき聖書を引用することがあるかもしれないが、それは聖書を引合に出して誰かを説教しようというのではない。私はカトリックの学校に育って仏典を知らないものだから、時々仕方なく聖書を引用する他はないのだが、多分聖書を引く時には、こんなにもおもしろい意外なことを言っていますよ、と説教とは反対の目的を持つ内容にふれたい時なのだろう、と思う。

日本の教育は、物の判断については大人になれ、ということさえ教えなかった節がある。どんなに年をとっても、子供の如き純粋さを残している人がいいのだ、の一点張りであった。

その点、聖書はそうではない。子供っぽさをやめて、ちゃんと大人の見方をすることがいいのだと容認している。それは、平ったく言えば、複雑な見方をできるようになる能力のことだ。

聖書は、次のように要点を押さえている。悪いことをするという点については、子供のようでありなさい、というのだ。例外はあるかもしれないが、通常子供は銀行強盗をしない。いやこの頃のませた子供はもし機関銃が手に入れば銀行を襲うかもしれないが、手形詐欺、インサイダー取引、ハイジャックなどはやはり子供にはできないのである。だから犯罪に関しては子供のようであるべきだ。

しかしものの考え方については、子供っぽくあってはならない……。聖書の勉強をした時、私は、「子供らしくはあっても、子供っぽくてはいけない」と習ったのである。

私は不仲な親の元で、火宅《かたく》としか思えない家庭に育ったので、幼い時から、人並み外れてませていた。子供の時から、子供らしくなかった。こういうねじれはよくない。子供の時は子供らしく、大人になったら大人の考えができる人がいいのだ。しかし私は何でものごとをいい方に考える。私は早く大人っぽくなったので、大人になってからは便利だった、と思うことにしている。

何歳から大人と思うべきか、ということになると、私はよくわからない。私はませてはいたが、二十代にはほとんどまともにものを見る力はなかった。その一つのいい例は、当時の私は、今ほど新聞をおもしろいものとは思えなかったのである。新聞は誰にでも買えるが、それを読みこなすのは自分の力である。今だって私は経済欄を理解する力は十分でないが、それでも二十代と比べると、外国のニュースでも政治面でも、自分の眼で新聞の記事を読むようになった。

青春はすばらしいものだ、と私は口先では迎合して時々そう言うこともあるのだが、よく考えてみると、内心では全くそう思っていない。私の感覚では、青春にはどこか「ものほしげ」なところがある。進路も決まらず、異性の存在には敏感にぴりぴりし、途方もなく思い上がったり、やたらに自信を失ったりしている。ところが我々は思い上がるほどの能力も、喪失するほどの自信や才能も、初めから持ってはいないのだから、そういう意気込み方は何となく気恥ずかしいというものだ。

どこからを中年というのか。このごろ、一般に人は年を取らなくなった。栄養がいいから、活動能力が保つのだという人もいるが、別の言い方をすると、いつまでもおくてのままなのかもしれない。

だから青春は三十代の初めまでは続く、四十代だってまだ青春だ、などと言っている人もいないではないが、私は一応三十代の半ばからは中年だという感じがしている。そして終わりは五十代までだと、常識としては思うのだが、これにもまた反対を唱える人がいて、六十代は洟垂《はなた》れ小僧だなどと、落着きの悪いことを言う。あんまり若ぶったことは言わない方がいいのではないか、と私は思うのだが。

それはまあどうでもいい。体験的に言って私が或《あ》る人に興味を持ち出すのは、ほとんど中年以後だ。青春時代には、たいていの人が、どんな秀才でも、人間の持ち味が浅いのである。しかし中年になると、何となく複雑な味のある人になっていることはよくあるのだ。中年になってやっと人は「人間」になるのだろう。

若い時の人間の思考は、そういえば単反射である。失恋は失恋だ。失恋してよかったのかもしれない、などと考えられる人は、まずあまりいない。学問的に優秀な人はいくらでもいるだろう。自分が教えている大学の大学院の試験の問題を見たら、難しくて解けるかと思った、という世界的に有名な教授に会ったこともある。そういう学問的な知識なら十分に持ち合わせている若者はけっこうたくさんいるのである。

しかし時間というものは、厳しいものだ。どんなに急いでも、時間だけは操作ができない。心がけで時間を濃縮して、テープやビデオの早回しのように急いで人の倍も体験するというわけにはいかない。当然のことだが、若い時には何と言っても、まだ多くの人に会っていないのだ。そして人は、会った人間の数だけ賢くなる。

「ご事情はよくわかりました」という言葉がある。「ごちそうさま」とか、「また、会いましょうね」などという言葉と同じ、私の好きな言葉の一つである。

私たちは普通、相手の事情を実によく知らない。私は誰か作家が全集を出したり、亡くなったりする度にその人のことを書いてくれ、と言われるのだが、弔辞以外は書いたことがない。それは、その人をよく知らないからだという思いが深いからである。

私が自分のことを少し知っているかな、と思えるのは、やはり夫くらいなものだろう。息子も十八歳の時に地方の大学で学ぶことを選び、私も親子は或る時に爽やかに別れる方が動物として自然だろうと思ったので、全面的に賛成して送り出してしまった。だから、息子といえどもその後の彼の精神的な成長や変化に対しては、ほとんど知らないも同然である。

他人はそのようにわからないことが多いのだが、自分は他人のことをわかっていない、という自覚のある人は極めて少ない。多くの人が僅かなデータを元に、無限に人について語る。そしてますます事実から離れて行く。

しかし時々、事情ていどならわかる時がある。その人がどうしてお金を儲《もう》けたか、或《ある》いはお金を失ったか、というような単純な話なら、お金を失った理由は親友の保証人になったからで、お金を手にした理由は兄の死によって遺産を一人でもらうことになったからだというくらいの、簡単な事情くらいならわかることがある。

その事情でさえ、ほんとうに理解できるのは、中年以後である。

事情がわかると、簡単に、いい人だとか悪い人だとか言えなくなる。悪いことをしたのは間違いないことであろうが、その背後に、こういう子供の時からの不幸な体験があるからだろう、などということもわかって来る。すると、「あいつは悪魔だ」などとはとうてい言えなくなる。その反面、優しいばかりの人には、人生がほんとうにわかっているのだろうか、などという疑念を持つようになる。他人には優しいが、身近な人の不幸には何の手助けもしない、というような人はけっこう世間に多いものだ。するとと「神さまみたいないい人ですよ」などという表現もしなくなる。

中年というのは、この世には、神も悪魔もいなくて、ただ人間だけがいるところだということがわかって来る年代である。人間には完全な人もいない。誰でも癖や思い込みがあり、適当ということがない。蛮勇に傾くか、臆病になるか、どちらかである。蛮勇がいいか臆病がいいか、これは一概に言えない。ただはっきりしているのは、蛮勇がことの推移や解決に有効に働く場合もあるし、臆病が安全を保ち時間稼ぎをしてくれる時もある。

すべてのものは使いようだ、と私は思うのである。

しかしこの曖昧さに耐えることが、実は意外とむずかしい。人間は簡単に黒白をつけたいのだ。ことにマスコミは、善玉と悪玉を決めたがる。この原稿を書いている段階では、厚生省の事務次官と審議官が、老人ホームの建設を巡ってワイロを貰ったとかいうことで、新聞の論調は、この次官と審議官叩きに統一された。役人が汚い金をもらった、ということを叩くほど簡単なことはない。世間のどこからも反対の意見がでるわけがないのだから、マスコミも安心して叩けるのである。

昔はいいことわざを習ったものだ。「泥棒にも三分の理」というのである。若い時には、泥棒は当人の根性が腐っているからだと思いこんでいた。しかしそのうちに、貧しくて今日食べるものがなければ、人間は盗んでも仕方がないんじゃないかな、と密かに思うようになる。日本に犯罪が少ないのは、偏《ひとえ》に今日食べられない人がいないからだ。

しかし中年の初め頃から私は途上国に旅行するようになって、それ以外の理由もある、と知るようになった。一つは恵むという行為に組みこまれることである。普通、少し金や物を持っている人が、それより少し持たない人に、自発的に与えることが恵むことだ。しかし中には、相手が上げますと言わない先に勝手に取っておいて、相手は知らないうちに恵んだのだから仏さまに喜ばれているのだ、などという判断をする国もある、ということを知った。或いは、隙のある人からは取って当然、と泥棒も思い、周囲も「そうだそうだ。悪いのは鍵をかけなかったり、うっかりしている奴だ」などと賛成したりする社会も決して珍しくないことを知るようになったのである。つまり鍵をかけていない引き出しは、それだけで他人に開けられることを期待している節があるし、持ち主がちゃんと自分で注意をしていない荷物は、彼が居眠りしている隙に、他人が持ち出すのが見えても黙っていることだ、と考える人は地球上に多いのだということを知ったのである。

「あなたにあげます」とも言わないうちから盗んでおいて「あなたは恵むという行為をしたのだから、仏さまも喜んでいらっしゃるでしょう」もないものだと思うが、そういう社会は、社会保障もない代わり、一族の中で一番幸運で経済力のある人が、一族の中のすべての不運な人の面倒をみることになっている。こういう相互扶助の精神は、現在の日本には全く見当たらなくなっているのである。

しかし私はやはり社会が制度として、国民の基本的な生活は守った方がいい、と思う。しかしこういう救い方もあるのだなあ、と感心もする。しかし、しかしの連続である。背後がどんどん深く、長く、明晰に見えて来ると、人間、価値判断の体系を狂わせられ、いいか悪いか歯切れが悪くなる。

この混乱こそが中年の世界の燻《いぶ》し銀《ぎん》の豪華さなのである。いい年をして正義感だけでものごとを判断していたら、人間になり損ねる。それは決して、国民の税金を懐に入れる役人がいいということではない。しかし正義もまた、子供じみた単純なルールとして利用されることは大いにあるのである。人間性の理解はそれよりもっと高等複雑なもので、それができるのも中年の知力であり、視力であり、経験なのである。

許しと受容の時

——出自の部分で受けた毒気を自ら抜く——

人は誰でも、生まれた家庭環境に、なにがしかの深い屈折した感情を持っている。父を尊敬し、母を愛し、兄を慕い、姉を大切に思い、という家庭もないではないだろうが、まじめでそう言う人がいたら、どことなく嘘臭く感じてしまうのは、私が歪《ゆが》んだ家庭に育ったからかもしれない。

人はたいていの場合、どちらかにか偏《かたよ》ってうまくいかない。母を敬愛するあまり、結婚できなかった息子もいる。父が偉大なあまり萎縮して伸びなかった息子も珍しくない。母と女を張り合って傷ついた娘もいれば、兄に理想の男を見て終生夫を愛せなかった女も数人知っている。しかし健全な多くの妹は、兄みたいな人と結婚する奇特な女の人がいるんだろうか、と思い、多くの男は、あの姉をもらってくれる男というのは、さぞかし騙《だま》されてるんだろう、と思う。

私の母は、一人娘の私と、一生一緒に住むものだ、と一人で決めている人だった。私の結婚相手が寛大な性格で「まあ、それもいいだろう」ということで済んできたからいいようなものの、私は時々母の独占欲に辟易することもあった。既に少し惚けかかっていたのかもしれないが、娘を「私物化」することに少しも遠慮しなかった母は、旅先まで私を追いかけ、私が講演中だと言うのに、「ちょっとですから電話口に呼び出してください」と言ったこともあった。

その反動で、私は息子を自由にしてやることが第一の義務だと思うようになった。私は女だから、母に取りつかれても、まあ何ということはない。しかし息子が母親の束縛に遇《あ》うことほど気の毒なことはない。母と息子は、適当な時に別れなければならない。私はそのことを、息子が小さいうちから、いつも心に銘じ続けた。母との生活の体験が、私にそう決意させていたのである。

そのためには、少し手前から練習がいる。お互いに、相手の存在がなくても暮らしていける、という実感を持ってから独立の生活に入るのが理想だろう。私は夫が「男はほっておいてもいいんだ」と言う言葉を信じて、息子に関しては、勉強の方法から、進学校の選定、友達との遊び方、本の選び方、お金の使い方まで、すべて夫の言う通り放置した。

私たちは、息子が十八歳の時、名古屋の大学に送り出した。彼が文化人類学を学びたいと言い、その大学で是非とも勉強したいという私大が名古屋にあったからであった。私は一人息子と別れて暮らすことに寂しさがないわけではなかったが、息子の選択は私の感情を超えるものだ、と感じていた。

これらはすべて我が家の小さなドラマである。息子ときれいに離れるのが親の務めと思う私たちのような親子もいれば、べとべとしたい親が初めからいないことに決定的な寂しさを覚えている、親といっしょに暮らせなかった子供たちもいるわけだ。

私たちの周囲には、理由のわからない家庭環境ができる。私の直接の知り合いではないが、双子の息子のうち、一人だけを溺愛し、もう一人には、やや憎悪の感情を抱いている母親がいるという話を聞いたことがある。二人の息子は同じように育った。外見上も、喋り方も、他人には見分けがつかないほど似ている二人だと言う。成績も同じようなもので、どちらか一人が秀才で、他方が鈍才、という訳でもない。それでいて、親は一人を愛し、一人を憎んだ、と言うのである。

すべてこういう悪い状態になったのは、親のせいだと言い続ける娘がいて、その親たちというのを、私は少し知っていたのだが、ごく普通の人たちであった。理想を言えば切りがないが、常識的で、穏やかで、悪いことはせず、経済的にも、平均値的な生活をしている家庭であった。それでも娘は親を非難していた。

第一それほど悪い親なら、娘は一定の年齢に達したら、さっさと親を棄てて自立すればいいのである。私の知り合いで、家出した息子や娘はけっこういる。皆後で、きちんと親子関係を取り戻したが、つまり誰もが、親の庇護を離れても生きていけることを示したい年頃があるのである。だから彼らはいい武者修行をして来たのだ、と私は思うことにしている。

九十五パーセントの家庭が歪んでいる、と私はこのごろ、思うようになった。五パーセントくらいは、自分の家庭は健全だと言う人がいるだろうが、もしかすると、自分の家庭が健全だと言い切る神経は最も歪んでいるのかもしれない。私の家も当然九十五パーセントの中に入っていた。しかし途中から、私はそれはそれとして、そんなものだ、と思ってもらおう、と思うようになったのである。

理想の家庭というのは、実はないのである。誰もがどこかで手を抜いている。その家なりに、一生懸命にならざるを得ないポイントが違っていただけのことである。家庭の父が長期間に亘って病気だと、家族は皆看病にエネルギーを注ぎ、経済的に余裕を失うかもしれない。確かにそれは或る意味で歪んだ家庭を現出するが、別の見方をすれば、多くの家庭が与えられないような深い人生の意味を、その病気の父親は教えているのである。

父親が学校秀才であることの被害を受けている息子たちは世間にいくらでもいる。東大法学部卒でもあまり賢くない人はいくらでもいるのだが、父親が東大法学部卒だということになると、誰もが父親は秀才であることに、疑いを持たない。するとが東大法学部に入れない息子はすべて不肖の息子になる。現実は父親よりはるかに柔軟な頭のよさの持ち主であっても、である。「あそこの息子は、お父さんほどじゃないんだよね」と言葉は情容赦なく息子に浴びせられる。親が東大法学部でさえなければ、充分に評価して貰えるような私大に入っていても、そう比べられるから気の毒である。

多くの人は、自分の育った境遇にいささかの思いを持って成長する。思い、というのは、いちがいに感情を括れないので、そういう曖昧な言葉を使う他はないのである。その思いの中には恨み、懐かしさ、諦め、怒り、などが、実に微妙な配分でこめられている。

「そんなこと、何でもないじゃないの」

と他人が言うようなことに深く傷ついている人もいる。

「私にとっては、それがいちばん辛かったんですよ」

しかし親の方でも、子供の何げない言動に傷ついている場合は多いのだから、ほんとうはオアイコなのである。

私からみれば、親も子も、警察のお世話になるようなことをしなければ、まあまあいい親であり子供であるとしなければならないだろう、と思う。妻や息子が万引きを繰り返したり、息子が詐欺の常習犯だったり、父親に放火の癖があったりする家庭は、泥沼のような苦しみを味わうことになる。誰の責任でもないが、精神を病む人を抱える家族も慰め合うことができないという寂しさを抱えていて、それが一番気の毒だと思う。

娘が「援助交際」について「どこが悪いのよ」と言うようでも少し困りものかもしれない。しかしそのような際立ったことがなければ、その家庭はごく普通の家だと言って差支えないだろう。たとえ少々歪んでいようとも、である。

これからが、このエッセイに関してほんとうに関係のあることになる。

つまり私たちは誰もが、子供の時や青春時代の不幸や歪みの影響を受け、傷ついて育つのだが、その毒を自ら晒《さら》し、棄てて、本来の自分に還ることができるのが中年以後、ということなのである。その点で、中年以後というのは、出自の部分で受けた毒気を自ら抜くことに成功したすばらしい時期だと言える。

先日、幼時の体験と記憶から、親がいつか自分を殺すのではないか、という恐怖に脅え続けた人の話を聞いた。その人は親が、妹を殺して自殺しようとした現場を見た。何かの理由で、母親も生き、その人も生き続けたのだが、彼女はその後もずっと、いつか自分は母親に殺されるかもしれない、という恐怖と、親を信じ切れないという虚しさに脅え、次第に精神が荒廃するようになった。

気の毒な話だと思う。私も母が私を道連れに自殺しようとした体験があったから、親が子を殺す可能性を否定したこともない。しかし私は子供ながらその時、生き続けたかったので、母に死ぬことを思い留まらせ、その後も母とはずっと死ぬまで、口ゲンカは度々したけれど深く母の善意を信じ、まあ仲のいい母と娘だった。

人間、十年、或いは二十年も経てば、自分の過去を客観的に眺められる。その時は悲劇の中心に置かれた、と感じたことでも、時を置き、距離を置きして見れば、それほどのことではなかった。むしろ世の中には往々にしてあることだったと思えて来る。病気、戦争、動乱、天変地異、大火災のような異常な時には、どんな人間も狂うことがあるが、そういう人は社会が安定すれば、決して破壊的なことを考えないようにもなるのである。

もちろんこれは精神が一応健全な範囲内での目安だから、病気になればそのような解脱《げだつ》の行程も計算しにくいのだが、若い時に社会や家庭や親から受けた仕打ちや処遇にどんな毒が含まれていようと、十年、二十年も経てば、その毒も薄まるのが自然の成り行きだ。

それなのに、若い時に受けた傷の痛みを、中年になってまでも訴え続け、そのことにうちひしがれ、傷ついて自滅に近い状態になり、しかもそれを当然と自分にも許しているように見える甘えた人がいる。自分の性格が歪み、貧乏し、病気になっているのは、親のせいだ、家庭の環境が悪かったからだ、と言い続けるか、口では言わなくても、その結果に溺《おぼ》れるのである。

そういう言い訳が通用するのもせいぜいで十代までであろう。中年というものは、もう大人として認められ魂の独立が可能になってから後の年月の方が長い人格を指す。だからことの責任は、遺伝的な病気以外は、すべて当人の責任なのだ。

学ぼうと思えば、独立してから後に学べた。失った恋も、その後に会った数多い女たちの中で癒されたはずだ。育った環境の不備のために体に傷を受けていても、体の不自由を補う心の強さを充分に体得する時間を有したはずだ。それが中年というものである。

中年は許しの時である。老年と違って、体力も気力も充分に持ち合わせる中で、過去を許し、自分を傷つけた境遇や人を許す。

かつて自分を傷つける凶器だと感じた運命を、自分を育てる肥料だったとさえ認識できる強さを持つのが、中年以後である。

アフリカの多くの国は、独立後もう三十年以上経った。三十年は一世代である。植民地時代に受けた傷がどんなに深かろうと、その傷をみずから癒して、自己を育てるための時間は、もう充分にあったと私は思う。

それにもかかわらず、何かうまくいかないことがあると、急にそれは植民地主義の影響だ、と言い出す。アフリカの多くの国家ももう赤ん坊ではなく、中年なのだ。それなのに、何という甘いことを言うのだ、と時々私は腹が立つ。

どんな人間も、過去の不幸な記憶を持つなら、それを自分だけの財産か肥料にして、しっかりと自分の中で使えた人は作家にもなれるし、どんな職業にも就ける。それに対してそのような不条理は、国家か社会か会社か組織の責任だとして、不幸の原因を当面の敵に返還し、正義を叫ぶ人は社会活動家になる。

私は強欲だから、不幸という得難い私有財産を、決して社会にも運命にも税務署にも返却しなかった。私はそれをしっかり溜め込んで肥料にした。その嫌らしさが私の中年以後の姿であった。

桜の精の悪戯

――中年以後にしか人生は熟さない――

人はいたずらに年をとるわけがない。生きれば生きただけ人に会っている。これは一種の財産である。

人を通して、私は表現まで習った。

一般的には、人は良識的で慎ましく、誠実で高級な暮らしをしているように見せることを心掛ける。私ももちろん毎日の生活の向上を示すような上品な生き方も見習った。貧相に見えないスーツの袖丈とか、比較的脚のきれいに見えるスカートの長さなど、すべて友達が教えてくれた。袖丈は、軽く肘を曲げた状態で手首の骨が隠れる長さにする。脚が太く見えない基本的なスカート丈は、大きくて醜い膝の骨がちょうど隠れる寸法、というような知識である。

しかし私は同時に、反対の表現も人から習った。ばかに見せること、図々しく振舞うこと、通俗的な面を強調すること、かなりずぼらだと思わせること、冷酷さを印象づけること、守銭奴的な言動を取ること、すべて友人から習ったのである。これらの要素がない人はめったにいないから、それらを私の中で明確にすることは簡単で自然なことだったし、そうすることでいささかの悪評を取れば、私はいい人だと思われなくて自由になったのである。

私にとっては友人すべてが生きた先生だったわけだが、年をとるほど世間を狭めて、友達とも疎遠になっている人はけっこういるらしい。私のところに時々、名前も名乗らずに身の上相談の電話をかけてくる人たちの多くは、そういうタイプのように見える。

「もちろん深刻なご事情はおありなのでしょうが、あなたの性格も知らない余所者の私が、どうしてお答えができます？　他人の意見を聞くということは大切なことだとは思いますが、そういう場合、私なら親しい友人に相談します。あなたもそうなさったらいいと思いますよ」と言うと「でも私には友達がいないんです」と言うのである。

私も、昼間はともかく、夕方以後は一人でうちにいたい、と思う時が多い。日本財団に勤めることになった時も、こういう怠け者の心理で果して勤まるかどうかずいぶん心配した。私は人に会うことを恐れ続けて、ほとんどパーティーなどというものも出たことがなかったのだから、新しい職場でお客に会い続けることに耐えられるかどうか不安でならなかったのである。この恐怖はどう解決したかと言うと、私の精神の二面性がうまく働いて、仕事と割り切ればどうにかそういう生活にも順応できることがわかったのである。

私には生涯で五、六人、付き合わなくなった人がいる。向こうが嫌だと言った人と、私がそれとなく避けている人である。そのうちの一人は大変楽しい人なのだが、純粋に生活のテンポが合わなくて疎遠になってしまった。彼女は午後になって起き出し、夜半過ぎの二時か三時に寝る。だから我が家に遊びに来ると、一時二時まで帰らない。私はその時間まで起きていると翌日一日、疲れが抜けないから働けなくなるのである。

しかしそれ以外の人たちとは、子供の時から今までずっと親しい関係が続いている。もうここまで来ればお互いにゴールも近いから、多分一生悪縁は続くだろうと思っている。

私が怖いのは浅い付き合いであった。ちょっと知っているが、よくは知らない、という人である。何が相手を傷つけているのか、喜ばせることになるのか、手掛かりが摑《つか》めないので、何気ない話をして終わる。それがまた落ちつかない。会話というものは、決してこういうものではないと知っているからだ。

大体、可もなく不可もない会話で、友達などできるわけがないのである。私にとって、会話には、甘さも要るが辛さも必要だった。それはたとえて言うと、いささか田舎臭い家庭料理の味で、上品な料理屋の味つけではない。私は四十歳を過ぎてからたくさんの友達が出来たが、その理由は、かなり危険な会話をすることで、お互いの立場を確かめられたからだと思っている。

私の二人の男友達が、お互いにまだ二十代に初めて出会ったのは、エジプトのナイルの岸辺であった。その時、お互いに「こういう所で会う日本人には、何をしているのかよくわからない風来坊がいて、たかりや詐欺師も多いというから用心しよう」と両方が思っていたのだという。だからその時はお互いに愛想悪く、付き合いが深みに嵌《はま》らないような喋り方をして別れた。しかしそれから数年経って再会した時、二人は職業は全く違ったが、お互いが辿《たど》るべき生き方をしているのを見た。彼らは相手がおもしろい自分らしい人生を歩いていることに尊敬を抱いたのである。しかし今に至るまで、二人はそんなまともなことは口が腐っても言わない。今でも二人は面と向かっては相手の悪口を言い続け、しかし友情はそれだけ深く続いているのである。

すべて時間が要るのだ。だから中年以後が人生だ。ただ単に社交的な会い方をするならいつでもいいだろう。しかし心の奥底まで踏み込んで人間的な理解をしようというなら、こちらにも人間を観る眼ができていないと困る。どの観点から人を観るかなどという巧者なテクニックは、若い時にはとうてい不可能な選択の技術だ。

その用意が整うのが中年というものだ。

私は仕事柄、若い時から人より少し多く旅行し、普通の人なら行かないような土地へ行った。旅をした国の数など数えるのはくだらないことだが、それを意識したのは日本財団に勤めるようになって新聞記者に外国旅行のことを尋ねられた時であった。それまで「どれくらいの数の国へ旅行しました?」と聞かれる度に、私はいい加減に「七、八十カ国でしょうか」と答えていた。しかし突然私は不正確な答え方は立場上許されないのだと覚った。

私は慌てて世界地図を片手に数を数えた。旧ソ連や東西ドイツをどう数えるか、というような問題はあったが、私はその時点で独立国として認められている国を一つの国として数えることにし、九十九カ国を廻ったことがわかった。一年前のことである。

私の答えを聞いた新聞記者の中に、どことどこですか、とさらに財団の秘書課に聞いてきた人が一人いた。そんなに行っているはずはない、と疑ったのではないかと思う。当然である。私も書き出してみるまで、どうしてもそれが信じられなかった。それで私は秘書課に、訪問した国の一覧表を資料として備えておくことにした。おかげで、この二月に入るラオスが、百一番目の国になることが、今ははっきりわかっている。

行った国の数を増やすために旅行したのではない。私は聖書に興味があったので、聖書世界を裏からも横からも眺めたくなって、イスラエルだけでなくサウジアラビア、リビア、レバノン、ヨルダン、シリア、クウェート、アラブ首長国連邦、エジプトなどにも行くことになった。それらはつまり砂漠とセム人を実感するためであった。また、私が二十五年間個人的に働いていた海外邦人宣教者活動援助後援会という組織から出したお金が、果してちゃんと使われているかどうかを「査察」するために、アフリカではマリ、ブルキナファソ、コート・ジボワール、ガーナ、チャド、ベナン、ジンバブエ、スワジランド、モザンビーク、マダガスカル、などという国へも行くことになったのである。日本人のカトリックのシスターたちはそれらの国の、時には途方もない田舎で、生徒たちを教えたり、クリニックや病院で看護婦の仕事をしていた。

私はその国の上層階級の人たちとの晴れがましい付き合いなど全くなかったが、その代わり、危険や不自由を承知で働いている日本人と、行く先々で深い心の繋《つな》がりを持つようになった。

もしかすると人と知り合うには、背景が要るのかもしれない、とさえ私は思うほどである。人は狂ったように妖艶な夜桜の咲く下で出会うと、少し別な思いでその人のことを記憶するのではなかろうか。いやその前に、狂ったような夜桜の下では、人はいつもは口にしないようなことまで喋る気にもなっていると言うべきなのではないだろうか。それこそが「桜の精の悪戯」というものである。

嵐の中や、月明の夜や、凍りつくような厳しい寒さの中や、他に母国語で語る人もいない遠い異国の僻村などでは、人の魂はいつもより厳しく寄り添う姿勢になる。それが私の旅の醍醐味《だいごみ》であった。私はほんとうに人と出会った。というより人の魂と出会った。それには長い年月がかかっていた。

世間は少し知っているというだけでも、その人を「人脈」と言う。私のように魂の時間を分け合った友人は「人脈」以上の存在であった。

同じ年数生きて来たのだから、同じくらいの年の人は同じくらいの人数の人に会っているはずだ。作家は本来、書斎で一人書いているのが生活の基本だが、医師、美容師、先生と名のつくすべての人などは、もっと多数の人に会うチャンスがあるだろう。

お店を持っている人にいたっては、毎日知らない人に会える機会がある。しかしそれらの知人が人脈となるには、別の要素がいるような気もする。

ひどく矛盾するようだが、人脈を作るためには、人脈を利用してはいけないのだ。その人が自分の知人だと言いふらすと、友情は壊れる。ほんとうはかなり親しい間柄でも、それを秘し隠しておいた方が友情は続くのである。しかし私は時々、その反対のことをしている人にも出会った。すぐその人を知っていると言い、息子の就職や、紹介状を書くことや、音楽会に来てもらうことや、祝電をもらうこと、などを頼んであげる、と自らかって出る人である。

人脈というものは、せいぜい利己的に考えても、情報源であればいい。つまり自分の知らない何かを教えてもらう相手である。それはその相手と私だけの関係だから、私は教えてもらうと感謝し尊敬しお礼を言うだけで、ほとんど二人の関係を世間に知られる必要がない。

人脈を政治的に使ってはいけない。友達であることに、世俗的な付加価値を表面的につけようとしてはいけない。ただ会いたいと思う時に会え、話したいと思う時に時間を割いてくれ、病気の時には深く心に思い、そして男と女の関係を超えて、礼儀を守りつつ心の傷も話し合える人を友人として持つのがほんとうの人脈だろう。私の多くの友人はまさにそれに当てはまる。

若い時には人脈などあるわけがない。人は歴史を通してその人を知りたがり、信用する。いかなる偉大な人物でも、赤ん坊の時には歴史小説の主人公たりえない。

人脈の基本は尊敬である。私と友人でなくなった人がいるとすれば、それは私の人格が相手を失望させ、私が相手に対する尊敬を失った時である。そして尊敬を持たない相手は人脈の中に入らない。

私が相手に捧げられるほとんど唯一のご恩返しは、相手のことを喋らないことであった。一人の友人が離婚した。私はその事実を知っていたが、数年の間誰にも言わなかった。それが公然となった時——その夫婦が有名な人だったので——マスコミが私のところへもコメントを求めに来た。

「私はあの方たちのことはお話ししないんです」

と私は言った。

「しかしお親しいんでしょう?」

相手は食い下がってきた。

「ええ、お親しいから言わないんです」

私には死と共に持って行こうと思う友人の秘密が幾つもある。私はその人と親しいと言わず、その人のことを語らないから、友情が続いて来たという実感がある。すべてこれらの経過には時間が要る。だから中年以後にしか人生は熟さないのである。

正義など何ほどのことか

——横軸で働く正義よりも、縦軸の慈悲——

北朝鮮の黄長燁《ファンジャンヨプ》朝鮮労働党書記が北京の韓国大使館に亡命した事件を見ていると、いろいろなことが思い出される。

社会主義の方が資本主義と比べて、はるかに強く個人の権力を形成するからくりなど、冷静に見ていればもう何十年も前からわかっていたことなのに、小説家の中にも北朝鮮を天国の如く書いた人がいたし、朝日も読売も毎日も東京も、日本の主要新聞はすべて社会主義の熱に長い間浮かされ続けたのである。

平凡な言い方をすれば、私たちは北朝鮮のような国に生まれなかっただけでも幸せだったのである。

在日朝鮮人の第一次帰還船が新潟港を出港したのは、一九五九年十二月十四日のことである。北朝鮮赤十字社がチャーターしたソ連船トポリスク号とクリリオン号が九百七十五人を乗せ、十四日には清津に着いている。

帰還者たちを乗せた列車が新潟駅に近付いた時であった。「南系朝鮮人」約二百人が白ハチマキ、白ダスキ姿で駅構内になだれ込み、臨時列車は急停車した。彼らは「暴徒」とみなされ、警官六百人によって排除された。

船上から笑顔で手を振る婦人たちの姿が記念写真として残っている。彼らの中には北朝鮮の夫と結婚した日本人妻もいた。チマ・チョゴリ姿が多いのは、むしろ日本人妻たちが、母国を棄てて、愛する夫の国へ行くことで愛を全うさせようとした覚悟の表れだったように見える。

しかし、その結果は取返しのつかない運命に組み込まれることであった。日本人が社会主義に期待したのは、「自由、平等、正義」と言ったものである。しかし地球上で現実のものとなった社会主義国家は、すべてそれらの夢とは正反対の方向に動いた。

この三つの言葉は、どれも口当たりのいいものだが、前の二つと三番目の正義の間には、かなり心理の段差があるように思う。

自由も平等も、実に直截な人間の欲望と連動している。つまり人間はいつも自分勝手をしたいのである。もちろん「できればの話」という部分もあるが、勝手な時に起き、好きなものを食べ、やりたいことだけをやり、誰にも気兼ねなく自分の考えを述べ、したい遊びをする、というのが誰しもが望むことなのである。もちろん、稀《まれ》には規制されて生きるのが好き、という人もいるだろうが、規制されることは奴隷の生活だとか囚人の暮らしだとか言って嫌悪するのが普通の反応である。

平等も同じである。人間は幼い時も大人になってからも、出されたマンジュウは必ずちらと見比べて、どれが大きいかを素早く選んで、大きい方を取ろうとするものだろう。

平等は嫉妬の感情を小綺麗に表現したものである。もちろん嫉妬の領域を超えた真剣な平等もある。生きていられるかどうかのぎりぎりの量の食糧を分ける場合や、同じ程度の公民権を分け与えられるかどうかの場合には、嫉妬などと言っては済まされない重大な要素を含んでいる。

しかし正義というものが、最近、すべての分野にわたって重大視されて来たのは、私のように根性のひねくれた者からみると、いささか自分の人間性を上等に見せる手段だと思われ始めたからだろう。

正義というものは、日本人にとっては、物心両面の余裕の中で、一種の教養のように考えるものなのである。

沖縄戦の取材中に知ったことなのだが、一方的なアメリカ側の勝いくさだった終戦間際にも、主要な武器を失った日本軍の、ゲリラ的な反抗はあちこちで続いていた。敵である米軍に囲まれれば、日本兵たちは最後に軍服の胸につけていた二発の手榴弾のうち、一発を敵に投げつけ、残る一発で自決を考えた。

これをアメリカ側から見れば、突然投げられて来た手榴弾が、そこにいる数人、十数人の真ん中に落ちてきて、周囲のすべての人を殺傷するだろうということは、瞬時にわかることであった。その時に彼らには何ができたろう。いかに勝利を目前にした側であっても、数秒後に爆発する手榴弾を止める手段はないのだ。

彼らに残された道は、そのまま運命を成り行きに任せるか、それとも、その中の一人の若者が、自らその手榴弾の上に身を投げかけ、自分の肉体が粉々になることで、そこにいた数人の友を生かすか、その二つの選択しかなかった。そして米軍の記録には、人種、宗教、教養や学歴、出自や育った環境の貧富の差、などを超えて、いかなるグループからも、こうした自らの生命を与えて友を救った軍人の名が記録されている。まだ若い彼らは、ほとんど一、二秒のうちに、複数の友を救うために、自分の命を差し出すことを、誰から強制されることもなく、自らの選択において選んだのである。

正義とは、そのような厳しいものなのだ。決して口だけでいいことを言うことでもない。署名をしたり、デモに参加したりすることでもない。自分の命を賭けられるか、ということなのである。

私はもう中年を充分に過ぎてから、聖書の勉強を始めたのだが、聖書のギリシア語の原文から、初めて正義についての厳しい概念を教わった。

普通正義と言うと、私たちがすぐ思いつくことは、少数民族が平等に扱われること、裁判が慎重かつ公平に行われること、などである。しかし聖書の中でディカイオシュネーというギリシア語で表現される「正義」という言葉の概念には、そのようなニュアンスは全く含まれていない、と言っていい。もちろんまともな意味をずっと辿《たど》って行けば、そこにも到達する。しかし直接的には、正義は「神と人との折り目正しい関係」を意味するだけなのである。

そこで価値を発生する思考は、神から人間への縦の関係だけである。人間にとって大切なのは、神からどう見られるかということだけであって、世評ではない。人間と人間との横の関係は、ほとんど直接的には評価の対象にならない。つまり社会や世間で正義と認められるというような横の関係は、大した意味はない、ということだ。

正義は、最終的には人間には評価できないものなのである。正義もまた、人間の評価に委ねると、多分に利己的になる。自分の嗜好に合ったものが正義で、そうでないものは悪だと言う日本赤軍の論理と同じになる。

正義は、他人や世間が、風評や評判として判断することとはほとんど無関係なのである。正義は秘かな内心のドラマである。人が正しいことだ、と言ってくれても、神の眼から見ると、どこかに権力への追従や卑怯な計算が働いている行為もある。世間がすべて否定し、弾圧する側に廻っても、その行為は神が喜ぶことである場合もある。

今私が働いている日本財団は、厚生省の岡光前事務次官の汚職に絡む彩福祉グループが建てた特別養護老人ホームにも補助金を出していた。そのことが明るみに出た日に、財団は特別に記者会見をした。

財団の監査部は「どうも様子がおかしい」と再三感じるところがあって、県に質問を出し、調査を依頼していたのである。それに対して県は、財団側の疑念は、書類上の不備で本質的な問題ではない、と回答していたが、どうしてもすっきりしないところがあったので、本年度分の支払いを延期していたのが実情であった。

その日の記者会見で、一人の記者が、問題の特別養護老人ホーム建設には、こういう不明朗な背景が明るみに出たので、日本財団としては援助を打ち切る方向に出るのか、という意味の質問をした。その言葉の中には、言外に、ことが汚職と関係しているのだから、正義のためにも、補助金は打ち切るべきだ、という感じがこめられているように私は感じた。

その朝、私は財団に出るとすぐ、開所されたばかりの問題のホームには百人定員のところに既に七十五人が入居していることを電話で確かめたところであった。中にはやっと安住の家に入れたことを喜んでいる人もたくさんいるだろう。職員も、張り切ってお年寄りのお世話をするつもりで来ているのである。

もちろん、財団は、はっきりと調査の結果が出るのを待っている。その後にしか、大切なお金は決して出さない。しかし私は正義の名において、老人の生きる場所をつぶす方がいいなどとは、考えたこともなかった。

正義など、素朴な人間の幸福の前では、「何ほどのことがあろうか」なのである。そう思えるのが、中年というものだ、と私は思っている。

私が高校にいた時であった。まだ戦後で、ものが不自由だった時代である。私たちの学校に居空きが入った。体操の時間にグラウンドに出て、終わって教室に帰って来てみると、どうも各自の荷物の様子がおかしいのである。何人かのかばんの中身が床に散らばっていて、そのうちに「あ、私のお財布がない」「私のブレザーがないわ」

ということになった。

今はものなど盗っても仕方がないから、居空きなどという犯罪もほとんどないだろうが、当時はちょっと通りがかりに玄関先に脱いである靴を失敬して行くだけでもけっこう生活がうるおったのである。その代わり、私たちの学校では、クラスの中でものやお金がなくなることだけは全くなかった。

やはり間もなく犯人が捕まった。犯人は女性だった。私は何も盗られなかったが、私の友人は、きれいな紺サージのブレザーを盗られていた。犯人はろくに着るものがなくて、盗むや否やそれを着こんでいたので、すぐ足がついたのであった。こんな素朴な窃盗が行われていた時代だったのだ。

紺サージの上着の持ち主は、Oさんと言ってすらりとした美少女であった。そして私たちの担任の先生は、Oさんにその上着を犯人の女性に上げることを……勧めた、というか、暗示した、というか、納得して選ばせたのである。

これは全く正義とは別のところで行われた行為であろう。どう考えたって盗んだものは、返すのが当たり前だ。しかし、この先生はそうは考えなかった。Oさんは上着を一枚以上持っている。それに対して盗んだ女性は一枚もなかった。そしてOさんはそのすてきなブレザーを犯人に上げてしまうことが、どんなにか惜しかっただろうが、優しい性格だったので、改めてその上着を盗んだ女性に贈ることを承諾した。
後年、この事件の背後にある聖書の言葉を習った。「あなたを訴えて、下着を取ろうとする者には、上着をも取らせなさい」（マタイによる福音書　5・40）
当時のイスラエルでは、下着は誰もが着替えを持っていたが、上着は高価なウールだったので、人々は一枚しか持っていないのが普通だった。そして彼らのユダヤ教の教えでは、下着は質に取ってもいいけれど、夜の寒さを防ぐのに必要な上着は、たとえ質草に取っても日没までに返さねばならない、と規定されていた。イエスはそれほどに必要な上着さえも、寒さに苦しむ人には与えるように、と諭したのである。
人と人との間に横軸で働く正義よりも、神の喜ぶ縦軸の慈悲、ということを納得できるのが、恐らく中年なのである。それまでは、人間社会の理屈を通すことが最大に重大で、潔白なことだと考える。もちろんだからと言って、悪いことをした相手が、被害を被《こうむ》った人に、自分には当然慈悲を持つべきだと要求するのは論理の間違いである。しかし判断が、人と人との間の横の判断だけで終わるのだったら、私たちは何のために歳を重ねたのかわからない。

今日《こんにち》は、私

——醜いこと、惨めなことにも手応えある人生——

女性の中には、二十九歳から三十歳になる時、悲痛な思いをする、人も多いらしい。私はこれで若くなくなった、というわけであろう。ところがそんな話を四十歳が聞いたら、ふん、と思うのだ。三十歳くらいでじたばたしないでほしいわね。私はもう四十になりますけど、それでもけっこう堂々と女をやってますよ、と言うことだろう。

二度目の危機は、五十歳になる時らしい。その頃女性には更年期が訪れて、これで生理的にも女でなくなった、と思う人もいるのである。

もっともその頃の体の変化は、実際的にかなり大きい。白髪も増えるし、シワ、シミ、タルミ、いろいろと賑やかなものだ。

私の場合、その頃、眼が見えなくなりかけた。中心性網脈絡炎という病気にかかって、見ようとする部分が見えなくなるという症状が出た。しかも病気は両眼に出た。ストレス性の結果だというから、生活を変えてのんびりしなければ繰り返し発病して、その度に視力が落ちる、というのが診断であった。

これは私にとっては勿怪《もっけ》の幸いであった。六本やっていた連載を、作家になって初めて全部中断した。私は今「サンデー毎日」に連載をしているが、その時はほんとうに「サンデー毎日」になった。突如として「毎日が日曜日」になったのである。

私でなくてもその年頃から、今まで眼鏡と無縁で生きて来た人も、眼鏡を掛けなければ見えなくなる。私のように生来のド近眼は、子供の時から朝起きて一番にすることは、まず眼鏡を鼻の上にひっ掛けることだったから、眼鏡を掛けるのは当たり前と思っているが、初めて老眼鏡を掛けなければならなくなった友人などは、文字通り怒り狂っていた。「何でこんなものを掛けなければ見えないのよ」と言うのである。

自分の病気の話を長々とするというのも一つの老化の現れだから、私は途中を省略して語ることにしたいのだが、結局私はこの中心性網脈絡炎を治すために、眼球に直接ずぶりと刺した注射器でステロイドを打たれた。これは適切な処置であった。しかしそのために白内障が急激に進んだ。それを当時としては最新の手術法であった超音波を使うやり方で手術してもらった。その結果、私は生まれつきの強度の近視まで矯正されて、急に見えるようになったのである。この物理的な理由は、眼科の医師なら簡単に説明してくれる。私は決して奇蹟を語っているのではない。

ここからが本題である。

私は生まれて初めて裸眼で、自分の顔を見たのである。「今日《こんにち》は、私」であった。しかし私が挨拶した私は赤ちゃんではなかった。むしろ老婆であった。

そこで普通なら、ひどいショックを受けるだろうな、と私は思った。しかし私は、ものが見えるという喜びで有頂天になっていた。おかしな言い方だが、あまりにもものが見えるという刺激が強すぎたので、逆説的に聞こえるかもしれないが、私はやがて軽い鬱病にさえなった。

この点については少し解説をつけてもいいだろう。白内障の手術後は、それがうまく行っていて、視神経に問題がなければ、人は数カ月から一年くらいの間、信じられないくらいすばらしい色彩を見るのである。これも医学的に説明されているところだ。その澄んだ視力も次第に人並み、年齢並みに濁《にご》るのだが、この仮初めの期間だけのすばらしい色彩の洪水は、是非画家に体験させたいと思うくらいである。この興奮に気を取られて、私は自分の容貌の衰えなどほとんど気にならなかったのである。

人は自分をどう思っているのだろう。現実より若く美しくありたいと願うのは人間の自然だろうが、写真写りのいい人とか、何となく暗い感じの人とか、理由の定かでない印象をもっともらしく信じたり喋ったりする。若い娘たちが理想とするのは、映画の女優さんやファッションモデルだろう。私の夫は、黒い肌の女性のすばらしく伸びた肢体を見ると、人間離れした美しさだと言う。人間離れというからには、何に似ていると思うのですか？　と問い詰めたら、強いて言えばサラブレッドのあの精悍で無駄のない気品のある肢体と似ていると言う。

私は男性が色気を感じる女性というものを推測することもできないが、人間はいつもいつもベッドインしたい異性とばかり付き合っているわけではない。その時々で、料理の旨い人とか、身の上相談をしたい人とか、いっしょにオペラに行くと楽しい人とか、何もお互いのことは言わないけれど、その人が黙って生きている姿が好きな人とか、さまざまな要素で惹《ひ》かれるはずである。というか、モデルさんの外見とは全く別な人間の持ち味のおもしろさに惹かれるようになるはずである。そしてそれが中年というものなのだ。

つい最近、私は仕事上の役得をした。今、勤めている日本財団が、ザルツブルクのイースター音楽祭のスポンサーになっているので（私はこういう由緒あるヨーロッパの音楽祭が資金不足に陥っていて、日本の財団に支援を求めているなどとは想像もできなかった）お金だけお出しして無関心というのは一番非礼なことだから、今年は私が取材のついでに出席して、その公演を祝うことにしたのである。

第一日目は、クラウディオ・アバドの指揮、ベルリン・フィルによる、ベルクのオペラ「ヴォツェック」である。ほんとうのことを言うと、私はベルクは苦手で、自分で切符を買うのだったら、止めたかもしれない。私は二日目以降の「マタイ受難曲」などの方が聞きたかったのだが、仕事というものは一切選り好みを許されない。

私はこのオペラの粗筋《あらすじ》しか知らない。それも細部がよくわからないままだ。兵士ヴォツェックはマリーに惹かれているが、マリーは鼓手長の男振りに参って、彼に耳飾りを買ってもらったりしている。ヴォツェックはそれに嫉妬して……ひどく粗い説明で申し訳ないが……彼女を殺して自分も結果的には死ぬことになる。
ヴォツェックとマリーの関係は三年間、子供は「あんたの子供」とマリーは言うが、二人は一体どういう間柄なのか、解説を読んでもはっきりしないので、それ以上のことはお許しください。

素人の中でも特に音楽の素養のない私は、今ここで音楽やオペラの解説をしようなどと、大それたことを考えているのではない。ザルツブルクでマリーを演じたのは、デボラ・ポラスキーという人だが、私は初めて彼女の歌を聞いたのである。そしてそこに出て来る医者や大尉の役が、太った恰幅のいい姿で人生を表しているように、マリーも役柄の上で、わざと強調したそのやや崩れた体つきや上品とは言えない身のこなしで、ヴォツェックの心を捉えていくさまを、演技も演出もよくよく表していたのである。

日本には、生活の苦しさで眼の周囲に隈《くま》を作っているような女は、あまり出てこない。その隈も、少しばかりの疲れの表現ではない。まるでパンダのような隈に表される、生活苦である。態度も言葉もなげやりである。人間は声にまですさみ方が出るものだ。体の肉のつき方もどこかくずれた感じになる。お腹も二段腹か三段腹。食べることと、セックスくらいしか楽しみがない、と告白しているような体型だ。

昔はアル中か結核を病む人も多かった。服は裂ければ繕わないし、ホックやボタンも取れたままだったりする。そして体臭が強く匂うことも多い。つまり不潔なのである。

私がこういう女を現実に初めて見たのは、まだ三十になってまもなく、スペインを旅行した時であった。私たちは典型的な観光客だったから、フラメンコを見せてくれる洞窟のような酒場にも行ったのである。

狭い酒場でフラメンコを踊ったジプシーの女性の一人は、お腹も少し出っ張った中年風だった。いや、年齢は私と同じくらいだったのかもしれないが、彼女がくるくる廻る度に不潔そのもののようなスカートが私の鼻先をかすめた。洗ったことがないという感じのどろどろの衣装である。おまけに腰のあたりの縫い目が破れたまま、ホックもとれたままでそれを安全ピンで止めている。それくらい繕えばいいのに、と若い私はそればかりが気になった。

しかし――こういう女だからいいという男もいるのだ。それと同時に、流されてしか生きていけない男に自分と同じような哀しさを見る女もいる。

人間のおもしろさは、それぞれに偏った人生を承認せざるを得ないところにある。若い時には、のっぴきならない理由などというものが、この世にあるとは考えなかった。理想が現実を引きずって行けると信じていたし、それに該当しないものは、非合理なものとして排除すればいいなどと考えていた。

もちろん中年になっても、理想がないことはない。しかし燻し銀の色になる。もしできるなら――という条件がついた上で、「理想がかなえられれば」「幸運だなあ」ということになる。

スカートのホックが取れたままの女と、風を切るサラブレッドのような若い娘と、どちらがいいか、外見からは決まっている。しかしサラブレッドの娘には、人生の重みがない。悪の匂いも善の香もしない。サラブレッドは、馬車を引いたり、畑を耕したりするという現世が希薄な故に、サラブレッドなのである。サラブレッドはスターなのだ。しかし多くの人がいとおしみ生活の友と感じる馬は、大きな鼻の穴から白い息を吹き出しながら雪道を息せき切って重い荷を引いて行く輓馬《ばんば》の方なのである。

醜いこと、惨めなこと、にも手応えのある人生を見出せるのが中年だ。女も男も、その人を評価するとすれば、外見ではなく、どこかで輝いている魂、或《あ》るいは存在感そのものだということを、無理なく認められるのが中年だ。魂というものは、例外を除いて、中年になって初めて成熟する面がある。

男たちのほとんどが映画の寅さんが好きなのに対して、私は女性の中で、私をも含めて寅さんなどまっぴらという人を何人も知っている。寅さんの行為は純粋なのではなく、甘いと感じているのである。彼が甘ったれているというのではない。寅さんのような男を愛嬌ある存在と解釈する映画製作の姿勢を体質が受け付けないのである。

その一つの理由は、寅さんとそっくりではないけれど、私が一種の寅さん型の男と、暮らしたことがあるからだ。よそのうちに寅さんがいるなら、おもしろがって過ごせるが、うちに寅さんがいたら地獄になることを、私は子供の時に知ったからである。

可能な限り好意的に見ても、寅さんは一種の「勝手な生活ができるお坊っちゃま」なのである。

　私はいつも人並みな成長をして来た。中年になるほど、好きな人が増えた。若い時は許せなかった人でも、その人の一部が輝いているところが確実に見えるようになった。若い時からこのような眼力が身についていれば、さぞかしすばらしい人間になったろうが、それは無理なことらしい。人は普通に成長するだけで文句は言えない。それは言葉を換えて言えば、どんな人でも中年になれば、人生と人の理解がずっと深まるということなのだ。

　それは純粋に快楽が増えるということだ。私たちは映画館や劇場だけで人生を楽しむのではない。一番すばらしい劇場は、私たちが生きているこの場である。そこを通過するあらゆる人にドラマと魅力を見出せれば、こんな楽しいことはない。

　別に中年以後には芝居見物はいりません、というわけではない。しかし劇場の中でも外でもドラマを見られるのが中年だ。

大皿は入れたものをすぐ冷やす

――ほんとうの人生の価値判断を完成する――


中年以後に人間に与えられる可能性のあるものの一つに権力がある。

封建時代なら「生まれながらにして」王や領主という人がいたわけだが、民主的な時代ではそんな人は例外的少数である。「生まれながらにして富豪」という人ならかなりいたはずだが、それも先進国である限り税制は甘くないから「生まれながらにして」豪邸や遺産の札束の上に座っていられる人というものはうんと減ってしまった。

しかし世の中には常に自力で富を蓄《たくわ》えたり、権力を握ったりすることを目指す人がいる。人より抜きんでるということは、確かに人間の本性に内蔵された一種の闘争心だが、その現実をよく見極める人というものは意外と少ない。

富は確かに貧しさよりはいいかもしれない。と言うと「いいに決まっているじゃないか、いいとはっきり言ったらどうだ」と責められそうだが、私はどうしてもそう断定することができない。なぜかと言うと、私はもうこれで六十五年間も人生を見て来たわけだが、物質的に満たされた人生に限って、何か思いがけない不幸について回られているような気がすることが多い。自分や近い家族が心身の病気になっているとか、配偶者の裏切りに遇っているとか、家族が全く信頼がないままに表向きだけ仲良く暮らしているとか、子供の影が薄いとか、自由がないとか、行動が限定されている、とか、何か決定的な苦労を負っているケースが多いような気がするのである。

そのいい例が英国の王室であった。息子の嫁がどのような女性であろうと、庶民なら大したことはない。しかし王室となると、嫁がどんな水着を着たかということでさえ大問題になるし、不貞の事実があったりしたら、もうしめしがつかなくなるのである。

庶民の暮らしでは家の面積の狭さが多くの場合家庭の問題を引き起こす。たとえばピアノ殺人事件などというのは、隣家のピアノの音が筒抜けなので、そのうるささがアタマに来た隣の男が殺人に及ぶのである。広い王宮のような場所に住めばそのような悲劇はないだろうと思うが、王宮などというものは、家族の愛を育むには最悪の場所である。王宮の九十パーセントは、普段使っていない空間であろう。つまり他人のために備えられている無駄な空間を、他人のために管理しているオフィスなのである。人は親子の愛や、別離の悲しみや、恋を語る時、決して大広間では、そのような感情を口にしない。人間が、人間らしい情感を伝える時に選ぶ面積は、昔から貧富の差なく、狭い場所だと決まっているのである。だから王宮のほとんどの部屋は、愛を入れるとすぐ冷めてしまう大皿のようなものだ。

私たちは家事を一人で遣《や》らねばならない時に、うんざりする。誰か皿を洗ってくれる人はないだろうか。家の掃除をしてくれる人があったらどんなに楽だろう、と考える。その点、女王さまなら、そういう苦労は一切お考えにならなくていいのだから羨《うらや》ましい、と私たちは考える。

もちろん私は英国の女王さまのお暮らしを知っているわけではないのだが、恐らく王室の管理をする人たちというのも、私たちが考えるほど、有能ではないだろう。ほんとうに優秀で賢い人たちは、今では多分王室などでは働かない。だから王宮は無能な官吏の巣窟《そうくつ》になっているはずだ。だから多分女王陛下も、配下が思う通りに動かないことに、いつもやきもきしておられるだろう。その点では、私たちの小さな家の中で起こる悶着と、五十歩百歩であろうと思われる。

私は日本財団というところで働くようになってから、今までの作家の生活とは、全く違う体験を時々するようになった。日本財団は各国で若い学者たちにスカラシップ(奨学金)を出したり、研究機関を援助したり、文化的な催しのスポンサーになったりしているから、私はただその組織の代表者の一人というだけで、その国の大統領や大臣に会ったり、それらの人たちの官邸に招待されたりすることもあるようになった。

それまでの私は、何しろ数年間、世界の極限の貧乏だけを見続けて来たのだから、大変な変わりようであった。というより富の世界は全く私にとって無縁だったのである。インドのハンセン病、エチオピアの飢餓、までは、まだ職業柄偶然こういう場所に来るはめになったのだと思っていたが、海外邦人宣教者活動援助後援会というNGOの活動を続けているうちに、ここ数年はこの組織がカトリックの神父や修道女を通して出したお金による救援活動の結果を「査察」に歩くのが仕事になり、私はいつのまにか世界的な貧乏にだけは詳しくなっていた。

財団の仕事をするようになってから、ほんとうに申しわけないことだが、私は時々心の中で、大統領官邸の暮らしと、世界的に最低のレベルにあるようなスラムの生活とをいつのまにか比較している瞬間があった。

もちろん飢えで死ぬことは辛いことであった。私は主にアフリカで、ここ数時間のうちに死んでもおかしくないほどの栄養状態になった大人や子供にたくさん会った。エイズの子供たちも何十人と見たが、彼らは同じ赤ん坊でも、この世に何一つとしていいことはなかったという表情で力無く泣くのが特徴だった。だから、飢えもなく、エイズに罹《かか》ってもいなさそうな人たちの住む大統領官邸の生活は、幸福と言うべきであった。

しかし私はやはりそうは思えなかった。

基本的、原始的不幸——つまり今日の衣食住を確保されていない不幸——を体験したことのないすべての人は、我々をも含めて、基本的、原始的幸福を発見する技術をもまた見失っているのである。それは「正しいことの反対もまた正しい」とか「正しくないことの反対もまた正しくないことがある」という論理とよく似ていた。つまり今晩食べるものがあるということだけで、どれだけ幸福か。今夜、乾いた寝床で寝られるということだけでどれだけの大きな幸せか、を考えたこともない人は、やはりそれなりに幸福を知らないのである。

私たちはその意味で、空腹を知らない王たちのように不幸であった。人間の権利や、弱者に対して、あれほど鋭敏な反応を示して見せるマスコミが、自国の女性週刊誌のページのどれほど多くが、痩せるための知識に割かれているか、ということに対しては、全く恥知らずなのである。つまり一方で食べられない人もいるというのに、痩せることが最大の関心だという人々がどれほどいるかということは、大きな矛盾だと私は思うのだが、そういう反応を示す人は日本では極めて稀である。

権力は、肥満に慣れた人たちにとって、さらに一段上の刺激なのだろう。すべての人が自分の顔色を窺《うかが》い、命令に従い、自分が接触する人はすべて笑みを浮かべ、多くの人が贈り物をくれたがる。それだけで既にまともな人間関係の喪失なのだが、それでも、それを欲しがるということは不思議なものである。

通常、偉い人たちが社会に触れる機会は、偉くなればなるほど貧しくなる。王は王宮に、大統領は大統領官邸に、社長は社長室と高級料亭とゴルフ場と軽井沢の別荘暮らしに閉じ込められるのだが、自分では気がついていない。それらの場所は、いずれも活き活きとした人生の哀歓からは隔離された場所だ。

でかける場合にも、王や大臣たちは公的な場所で、衆人の眼にさらされる。衆人環視の中で、みだらなことも道徳に反することもできないから、彼らが意図的に招待されるのは、道を踏みはずせないように選ばれた場所ばかりだ。国内では国会、政府施設、博物館、美術館、病院、老人ホーム、障害者施設、その他のセレモニー会場ばかりである。そこで催しや設備の説明を受けたり、病人や障害者を見舞ったりする。そしてそれらはどれも、普通なら濃く人生を宿し得る場所なのだが、彼らが接触する場面はすべて形式的に整えられてしまうから、恐ろしく内容空虚なものになる。だから権力者は、生涯、ナマの人生をではなく、作られた場面によって表される退屈至極な場面にだけ、い合わせ続ける。

あらかじめ予告された視察というものくらい、退屈なものはない。しかしふらりと入って行く人生には、どんな場所にも小味で濃密な心躍るようなドラマや詩がある。そういう場面から、彼らはわざと遠のけられて過ごすのである。

しかし権力者たちは——皆無とは言わないが——ほとんどそのささやかなドラマの輝きをこの世で見なくて平気になる。それでも人を自分の権勢の下に収めたいのが彼らの情熱なのだから、それはそれでいいのだろうが、私からみれば牢獄の人生に近いものを送るのである。

偉い人になれば、常に秘書や身辺警護の人に付きまとわれている。総理大臣の体験者は、総理をやめても警備が付く。つまりよほど力を失って、多くの人たちがもうその存在も忘れたという状態にでもならない限り、かつての総理たちは一生、警察の監視下にあるわけだ。そんな不自由な生活を承知の上で、彼らは総理になりたいのである。

これは一つのからくりである。中年以後になって初めて我々は、人生のさまざまな姿のからくりを見破る知識を蓄え、それを判別する知力を得るのが普通である。だからほんとうの人生の価値判断というものは、中年以後にしか完成しない。

お金もそうである。少なくとも私は、自分のお金で遊んだり勉強した時が、一番楽しく手応えがあった。この事実の背後には、或る素朴な真実が隠されている。「ヒモつきの金」という言葉は実によくできているということだ。世間は決して無駄なことに金は払わない。だから、私に誰かが金を出すという時には、その分だけその人は自分の意図の許に私を働かせようとしているのである。だから人の金を使うと、私は自分の楽しみで、時間や目的や相手を選ぶことができない。私は完全に自分の時間を売り渡すことになるのである。

まだ若い時にはお金がなかったから、取材費は出版社が持ってくれても当然という気がしていた。しかし途中でどうにか自分の自由になるお金ができた時、私はいち早く取材費を自分で出すことにした。これは魂の自由のために絶対に必要なことであった。だからたとえ王でも総理でも、人の金で動く時にはほとんど自由がないのである。

多くの成功者は、自分の希望が叶えられた瞬間に、別の重荷を背負っているのを知ることにもなる。これは私が信じている不思議な神話である。選挙で当選した直後に妻が病気で倒れたり、社長になったとたんに娘が刑事事件を起こしたりする。こんな悪いおまけがついて来るなら、望みが叶えられなかった方がどんなによかったか知れない、と思っても後の祭りなのだ。そして多くの成功者たちは、世間から「あんな幸運な方はどんなにかお幸せでしょう」と言われる一方で、悪夢のような現実を生きているのが内実ではないかと思う。

多くの病気には、発生が最も多い年齢というものがあるらしいが、権力追求病は、主に中年以後にかかる病気らしい。それも女性より男性の罹患《りかん》率が高い。また若いうちからその素質の濃厚な人もいないではないが、病状が悪化するのは、主に中年以後だと見ていいだろう。

この病気の悲しいところは、病状も経過もさして複雑でないところである。病状は型通りで見え透いている。そしてほんとうの賢い人はほとんど罹らない。私たちは凡人だから、人並みな病気には罹ってもいいのだが、人には気取られていないつもりでこういう病気を病むのは、かなり惨めだという気はする。

土の器を楽しむ

——失うことを受け入れる準備——

中年以後を普通考える時、多分中年になれば、いい車が買えたり、地位ができたり、長年の計画だった家を新築したりできる、というふうに思うものではないだろうか。

それも一面では真実である。

前にも書いたことがあると思うのだが、私にはちょっといいお皿でご飯を食べたい、という趣味があるのを、三十代になってやっと自覚した。それは私の父の趣味でもあったのだが、若い時の私はむしろ父の道楽に反撥していた。ご飯はどんな食器で食べても、料理がおいしくできていれば同じだ、と考えたかったのである。それが次第に中年に近づくにつれて父譲りの趣味がはっきりするようになった。

私は自分で働いてお金を手にしていたので、それ以来時々、骨董というよりはむしろ古道具屋の店先で売っているような古いお皿を買って来て、それに里芋の煮付けとか、ちらしずしとかを盛りつけるようになった。しかしもちろん一枚割ると胸が痛むような値段のものは決して買わなかった。うちのおかずはそのような値段のお皿に似合わないからであった。夫はアユよりもイワシの方がおいしい、と言い、料亭の料理よりも朝鮮焼肉の方がいい、と言う人だったから、お皿もそれに見合うものがいいのであった。

しかしそれにもかかわらず、私はこういうささやかな贅沢にいつもいくらかの罪悪感を抱いていた。そういう楽しみはすぐに壊れてしまう「土の器」、つまり現世の虚栄を愛することだからやめなければいけない、とはっきり諭されていたからである。

私にそう言ったのは、私が当時「パパ・ヴィエラ」と呼んでいた高齢のスペイン人の神父であった。ヴィエラ神父はまだ私が生まれる前から日本に来られたイエズス会士だったが、私は萩や山口に行くついでに神父をお訪ねすると「ちょっと古道具屋も見てみたい」などと言うことがあった。ヴィエラ神父は私を「ミヒータ（私のちっちゃな娘）」と呼んでくださっていたが、私が体格的にも性格的にもいかなる意味ででもかわいらしくない、という点を除けば、私は確かに神父の娘の年ではあったのである。

ヴィエラ神父は私の愚かな「現世的な執着」に悲しそうな顔をしていたが、やっと妥協点を見出した。「一ついいことをしたら、一つ骨董を買ってもいい」という許可であった。それ以来、いつでもその言葉を思い出してブレーキがかかるのである。

しかし私くらいの年になると、ヴィエラ神父の言葉とは別に、そろそろそういう道楽も自制しなければならない、と思えるようになってくる。そんなに皿小鉢が増えたら、一生に一度も使わなかったという食器ができてしまう。使ってやってこそ、お皿も喜ぶのだし、通は、「お皿は使いこむといい味がでるもんですよ」などとも言うのである。お皿も人も、充分に使って役だててこそ、持ち味が出るというのはおもしろいことであった。

このごろ、霞が関のお役人の言動を見ていると、中年以後に溜め込む、というシナリオがあるようにも見えるが、私は悲観的な性格のせいか、中年を「何かを得られる年月」と感じたことはなかった。中年以後に、人はむしろ今まで手にしていたものすべてと、別れる可能性があり、それ故にその準備をしなければならない、と思うのである。

後《あと》何回、この茶碗でご飯が食べられるか、と思うのも一つの別れである。書画骨董を楽しめる時間など、人生ではそれほど長くない。だから、あっても深く心にかけないことだし、なくても大した悲劇ではない、と思うべきなのである。

得たものは、得た瞬間から失う恐れがある。それは現世の厳しい約束ごとである。しかし、ものなど失ってもたかが知れている。人が最も心を痛めるのは、愛する者を失うことだ。子供に先立たれたり、苦労して自分を育ててくれた親を充分に看取るひまもないうちに見送ることになったり、頼り切っていた妻が先に死んだりする。関西の大地震では、せっかく建てた家がローンを残して火事で焼けたり崩壊してしまった。最近のニュースを読んでいれば、世間の誰からも信頼を寄せられていたはずの高級官僚や一流会社の社長が、汚名を着て地位を失うことも珍しくないように見える。

長く生きれば、「得る」こともあるだろうが、それ以上に「失う」ものも多いのだ。それが中年以後の宿命である。

新約聖書の中には、四つの福音書と共に、十三通の聖パウロの書簡が含まれている。聖パウロはいわゆる十二使徒ではなかったが、初代教会を建てる上で最大の功績があった人である。しかも聖パウロは、実に表現力の豊かな人であった。その文章はいたるところで深く人の心を捉える。そして聖パウロはまさに中年以後の人に対しても、心を抉《えぐ》るようなすさまじい言葉を贈っている。

「兄弟たち、わたしはこう言いたい。定められた時は迫っています。今からは、妻のある人はない人のように、泣く人は泣かない人のように、喜ぶ人は喜ばない人のように、物を買う人は持たない人のように、世の事にかかわっている人は、かかわりのない人のようにすべきです。この世の有様は過ぎ去るからです」（コリントの信徒への手紙一　7・29〜31）

妻と過ごす生活を楽しんでもいいのだ。泣くほどの辛いことがある時、泣いてもいいのだ。嬉しさに舞い上がりそうな時は、舞い上がってもいいのだ。すべてのことにかかわってもいい。しかしそのすべては仮初めの幻のようなものだから、深く心に思わないことだ、と聖パウロは警告したのである。

まだ若い時なら、死という訣別の時は、はるかかなたにあるから、すべてのものが永遠に自分の手にあるかのように思っていても済むのである。しかし中年以後はそうではない。これからは得るよりも失うばかりだ。もちろん中年以後に、地位を手にする人もいれば、子供の出世を喜べる人もいる。孫という新しい家族が増えることもある。しかしそのすべて後から来るものとは、比較的短い時間の間に別れなければならないのである。

聖パウロは、徹底して悲しみも教えたが、またその絶望の中に救いも見せている。

今泣くことがあっても深く悲しむな、というのである。人間にとって自分の悲しみは常に最大で絶対のものである。自分が悲しい時、宇宙もまた泣いているか、宇宙全体が喪失しているかのような感覚を覚える。

しかし個人の悲しみなど何ほどのことでもない。いかなる悲劇が起ころうとも、地球全体が悲しむということなどあるわけがない。そういうふうに自分を客観的に見て、泣く人は泣かない人のように、さりげなく静かに耐えて時のかなたに追放しなさい、というのだ。

近年、人は自分の悲しみを露《あらわ》にするようになった。それが人間の権利だと教えられるようになったのだ。昔は泣くのは女性だけで、男は黙って耐えるものであった。女はもともと世間に出ないものだったから、家の中で自分を中心に世界が廻っていると思い、自分が体験した不幸が世界一大きいと思ってあたり構わず泣いたのである。しかし男は、宇宙全体の中で自分を捕らえることに馴れているはずで、自分の悲しみもまた現世のいたる所に転がっている人並みな悲しみだと客観的に認識できたから、泣くに泣けなかったのだ。

聖パウロは、人間の死が喪失と同時に解放を与えることにも触れたのである。どんなに苦しくとも、その苦痛は死ぬまでのことだ。だから泣く人も泣かない人のように振る舞えばいい。すべてのものは過ぎ去るものだから、と言うのである。

失うものは、愛する人々、家、財産、書画骨董ばかりではない。普通の人が中年以後に体験する新たな訣別は、体力や健康への自信の喪失という形になって現れる。たいていの人が、或る年を節目に、病気をする。肝機能の数値があまりよくないと言われたり、急に高血圧になったり、体のどこかが痛くなったりする。若い時の病気はほとんど治るものだが、いったん調子が悪くなった肝臓や血圧は、一月経てば必ず治るというものではない。一生付き合って、騙し騙し暮らさねばならない。

私も人並みに、昨年足を折った。骨が硬かったのはよかったのだが、そのために足の二本の骨を、一本を縦割り、一本を横割りという盛大な折り方をしたのである。夫はその瞬間から、私の足はもしかすると元通りに治らないかもしれない、と考えたという。厳密に言うと私の足は九十パーセント元へ戻った。歩く時、私が骨折の後だとわかる人はほとんどいないだろうと思う、と自分では思っている。しかし和室の畳からすらりと立てなくなった。踝《くるぶし》の骨が以前より太く硬くぎこちなくなり、筋がまだどこかで引きつれているからである。私の仕事が怠惰な小説家だったことは本当によかったと思うのはこういう時である。私がもし茶道の先生だったら、これできちんとお茶席に坐って教えることはできなくなったと言うべきなのである。

男性では、髪の毛の薄くなったことをひどく気にする人が多い。ほんとうは女の皺《しわ》も男の髪も、他人はそれほど気にしてはいないと思うのだが、テレビに男性用かつらの広告があれほどしばしば登場するのを見ると、多分気にしているのだと思う。

年と共に新陳代謝が落ちているのに、若い時と同じかそれに近いくらい食べるから太るのだという原理がわかっていても、健康な？　食欲に抗し切れない。病気だったら食欲もなくなっちゃうんだから、食べられるだけ幸せよ、などと言い、それも一部は本当だ、などと同感もしている。しかし太るのは、機能的には少しずつ衰えているから、食べただけのエネルギーを消費し切れないのである。

人は一度に死ぬのではない。機能が少しずつ死んでいるのである。それは健康との訣別でもある。

別れに馴れることは容易なことではない。いつも別れは心が締めつけられる。今まで歩けた人が歩けなくなり、今まで見えていた眼が見えなくなり、今まで聞こえていた耳が聞こえなくなっている。そして若い時と違ってそれらの症状は、再び回復するというものではない。

だから、中年を過ぎたら、私たちはいつもいつも失うことに対して準備をし続けていなければならないのだ。失う準備というのは、準備して失わないようにする、ということではない。失うことを受け入れる、という準備態勢を作っておくのである。

準備をしたからといって、失った時に平気にはなれないだろう。しかしいきなり天から降ってきたようにその運命をおしつけられるよりはまだましかもしれない。

四十代の終わりに、私には視力の危機があった。それ以来約十五年、私はその時見えなくなっていたかもしれない視力をいわば「儲《もう》けもの」として得て来たのである。この十五年間の幸福をしっかり覚えていて、たとえいつ再び見えなくなっても、納得しようと心に言い聞かせて来た。そういうことが、失うものに対する準備の一つだと思うのだが、いざとなった時、準備が役立って、冷静でいられるかどうかわからない。

しかし、中年を境に、老年と死に向かうという大体のシナリオはもう決まっているのである。だからそのこと自体を驚くことも嘆き悲しむこともない。それは私たちの罪でもなければ、何かの罰でもない。

別れ際のいい人になることが、今の私の最大の願いである。全く自信のない願いだが、何によらず目標を持つということは悪いことでもないだろう。

時の変質

——妻が見慣れた家具のようになる——

去年、私の友人が六十歳を過ぎて恋愛結婚した。花婿さんも五十代にしか見えないが、七十歳くらいだった。花婿さんは夫人を亡くされて、再婚。私の友人は初婚である。

結婚後、彼女が、二人はもう少し早く人生で会っておきたかった、という意味のことを言ったが、私は冷酷な返事をしてしまった。二人はその時に会ってこそ、結ばれたのだ、と思っているからである。

もう一年早く会っていたら、彼は病妻をかかえた既婚者だった。彼女と愛し合っても結婚に漕ぎつけるには支障が多すぎる。それにまた、夫人が生存していたら、この誠実な人は、他の女性に興味を持つことを、自分に禁じてしまったかもしれない。

もう四十年早かったら、彼女はヨーロッパで音楽の勉強をしていた。その頃の日本では、遊びであろうと勉強であろうと、外国へ行くということは、ほんとうに恵まれた境遇の人しかできなかった。殊に彼女の場合は、将来に大きな夢を持っていたから、彼の仕事のために、留学を切り上げ、夢を捨てて日本に帰ります、とは言わなかったかもしれない。

すべてのものには「適切な」時がある、という。旧約聖書の「コヘレトの言葉」は次のように書いている。


「天の下の出来事にはすべて定められた時がある」（3・1）

「抱擁の時、抱擁を遠ざける時
求める時、失う時
保つ時、放つ時
裂く時、縫う時
黙する時、語る時

愛する時、憎む時
戦いの時、平和の時。」（3・5〜8）

私たちがこの結婚を、新鮮な驚きで見たのには理由がある。中年を過ぎると、次第に異性というものに対する関心の質は変化するのである。

若い時、異性の存在があれば、それだけで、私たちは緊張した。全神経が異性に集中した。すべての世の中の存在は♂か♀のどちらかに分かれた。

それは喘息《ぜんそく》患者が、その禁忌とする食べ物を意識するくらい、本能的なものであった。私の知り合いに、エビを食べると喘息になる、という人がいた。食事をしに行くと、彼の意識は一つのことに集中する。この料理にはエビが入っているか否か、である。おいしいまずいは、その後のことだ。

それほど強烈な存在である異性と、やがて一部の人は結婚する。最近は一生、型通りの結婚は止めて、週末だけ会う「週末結婚」とか、山に行く時だけいっしょになる「登山結婚」とかもあるそうだが、普通はいっしょに暮らす。

このいっしょに暮らす、という時間の積み重ねが大きいのである。夫婦はあくまで他人で、結婚後しばらくは、少なくとも二十年以上、別の生活をして来たその違いはつくづく大きい、と嘆息することもある。

まずスキヤキの味つけが違う。蕎麦《そば》やうどんの汁の濃さが違う。お雑煮の作り方が違う。玉子焼きをこってり甘くするか薄味の出汁巻きにするかどうかで違う。ご飯の好みの固さが違う。お酒を飲んだ後、ご飯を出すタイミングが違う。お酒の肴の数が違う。

スキヤキに関してはおもしろい体験がある。私の育った家では、東京の八丁堀《はっちょうぼり》生まれの父が好んだように、スキヤキには割り下を作ることに決まっていた。昔は出来合いのスキヤキの元などというものはなかったから、スキヤキをする日には、母は必ず割り下をたくさん作った。私は単純だから、どこのうちでも、いや、日本中のスキヤキはそうして作るものだと思っていた。

ところが結婚してしばらくしてから、私は夫が旧制高校時代を過ごした高知に連れて行ってもらい、その土地のスキヤキ屋さんで夕食を食べた。まず鍋に脂の塊を入れ、じゅうじゅう脂を出しながら、小鉢いっぱいくらいの砂糖をどさっと入れたので、私はびっくりしてしまった。次にそこに肉を入れて、砂糖をからめながら炒《い》りつけるように焼く。しばらくそうして炒《いた》めてから、お酒や醬油を入れる。割り下なんか姿もない。

初めは甘くてびっくりしたが、すぐこのこってりした味を好きになった。夫も「そうだ、そうだ、こういうやり方もあるんだ」と思ったそうだ。

私はおいしいものを食べると、すぐ自分で作って見たくなるたちなので、うちへ帰ると早速高知風を作った。高知のスキヤキがすべてこうなのかどうか、何にも根拠はないのだが、いつのまにかこれが我が家のスキヤキの定型になった。もっとも味というものは微妙に変化するから、元になったスキヤキ屋さんにそれを食べさせたら「全く違う」というだろう。

しかし私たちの家庭は、それで一つの段階を経たのであった。三浦家風でもなく、私の育った町田家風でもない味ができたのである。時々はお客にも出すが、スキヤキの味ほど好みが分かれているものはないから、私は客の趣味は気にしないことにした。客が上方の人で、仮に「スキヤキいうものは、こんなんしたらあきまへん」と言ったとしても、別にその人の言う通りにしなければならないことはないのである。

味一つでも好みの違っていた夫婦が或る時、突然、スキヤキはこれで行こうということになる。その時、実は危険な同一化が行われているのだが、私たちはそれを危険と見るより、うまく行っていると感じるのである。

夫婦がお互いの存在を、片時も意識せずにはいられないという間は、まだ年齢的にも、結婚や同棲の時間から言っても、若いのである。

しかし、夫婦は次第に変質する。きれいな表現ができるといいのだが、私の才能ではつまらない言い方しかできない。つまり、夫も妻が少しずつ見慣れた家具のようになるのである。

家具というものは、そこにあることを毎日毎日意識することはない。しかし或る日、急にそれが運び出されると、後がぽっかりと空虚な感じになる。

昔の畳の部屋はことにそのことをはっきりと物語ったものである。家具が運び出された後の畳はくっきりと白くて落ちつきの悪いものだった。もっとも西洋風の家だって、額を取り外すと、壁の色がそこだけ元のまま残っているから、他の絵をかけてもごまかせない時がある。

若い時には――年を取っても、その新鮮な感覚が全くなくなるということではないけれど――妻にもいつも激しい性的な刺激を感じている。よく知っていると思っていても、或る日、妻のうなじの髪の乱れに、思いがけない色香を感じたりする。或いは、行きずりの男の視線が、妻に動物的に注がれるのを感じて不愉快になったりする。いずれにせよ、妻は「自分の所有する牝」なのである。

しかし中年になると、次第に妻は、異性ではあるのだが、肉親に近いものになる。

もちろん性的な対象でないこともないのだが、ただ単に性の対象ではなくなる。日本の男は時々妻のことを「お母さん」と呼ぶが、それは自分の子供たちの母である、と同時に子供たちを通して、妻は女性以上の肉親になったという思いを表していないこともない。

実際子供が生まれるということは、大きな変化である。それまで赤の他人だった女が、突然子供を通して生物学的にも、生命の継続の流れの中に入って来る。もともと、母とか、甥とか、従兄弟というような関係には有無を言わさない要素があった。従兄弟と気が合うということはめったにないのだが、従兄弟に他人にはない親しさを感じたり、気を許したりするのは、動物的な血の繫《つな》がりがあることをどこかで意識しているからである。

妻が他人ではなくなるのもそれに近い理由があるのだが、しかしむしろそれ以上のものである。子供を通した血の繫がりでできた、という以上に、存在感の問題なのだ。私たちは、ものがそこにあっても慣れる。先程挙げた使い慣れた家具について言えば、私たちは自分の部屋に古くからソファを置いていれば、どんな暗闇でもそれにぶつかるということはない。体が、そのソファが存在していることに慣れるからである。それと同じように、中年以後は家族の存在に慣れている。子供が三人いること、妻がよく台所で歌を歌うこと、などに体の細胞が慣れてしまうのである。

　昔、或る画家のお宅に、数日だが絵を描いて頂くために行っていたことがあった。奥さまは華やかな方で、画商やお客さまが現れると、急に頭のてっぺんから出るような華やかな声を出して、ひっきりなしに喋っているのが、家の奥の方からも聞こえて来るのである。悪く言えば、それはいかにも社交的で、内助の功というより外助の功のありそうな方、という感じになるが、私はよく悪口の対象とされる女のおしゃべりというものは、悪くないものだな、とその時初めて感じたのであった。それはよく囀《さえず》るカナリアかウグイスに似ていた。いつもその音に慣れてしまうと、小鳥がいないと寂しくなるのである。

　事実、数日後に先生のお宅に行くと、家の中は静かで「火が消えた」ようであった。奥さまはお留守だった。

「先生、今日はお寂しいですね」

　というと、先生は、

「あれはお喋りで、煩くて嫌になっちゃう」

　と言われた。しかし私は、奥さまのお喋りがこの家の穏やかさの象徴だと考えていたし、もし何かのことで、そのお喋りが途絶える日があったら、それは恐怖だと感じていた。

中年以後、妻は次第に性の対象ではなくなる。もちろん、妻の方に羞恥心がなくなり、夫の前を平気で裸で歩いたり、お化粧もしないザンバラ髪でいたりする機会がふえることもあろう。しかしそうでなくても、男にとって妻は次第になくてはならない存在になる。母のようにもなるし、見慣れ使い慣れた家具のようにもなる。安らかな空間そのものとも思え、時間が人間の姿を取ったもののように思うこともある。

その頃男たちは時々浮気をして、それが発覚すると、猛烈に取っちめられてびっくりするのである。女性である妻に魅力がなくなったから、他の女に手を出したのではない。その時、男は言い訳のように、「君を捨てる気なんか全くない」と言うと、妻たちは「体裁のいい嘘をついて」と思う。しかし、多くの夫については、それが偽りのない気持ちだろう、と思う。

妻はもはや自分自身なのだ。人間は自分を捨てる気なんか全くない。妻と自分は一つの存在で、その一部で、ちょっと別の異性に興味を持った。ただそれだけなのに、どうして妻はそんなに怒らなければならないのだろう、と不思議に思う。

もちろんもう少しワルの夫もいて、妻には「君を捨てるなんて考えられない」と言い、別の女には「まもなく妻と別れて、君と結婚するつもりだ」などと言っているケースもあるだろう。しかし多くの夫は、自分と妻は一体だと思っているのに、妻の方はそうでないことに驚くのである。

もし妻の方も、夫には異性を感じなくなっており、夫との暮らしに満足しながら別に男と遊んでいるということになると、この図式は平等になるのだが、多くの場合、妻にとって、夫は見慣れた家具にはならない。そこで悲劇が起こるのである。しかし考えてみれば、他人が肉親になるという変質は奇蹟に近い。そういう形で、親と死に別れる寂しい運命を神は補塡《ほてん》されるのだ、と私は考えるようになった。

達人の条件

――死ぬまでにしておきたいことのためのお金――

中年になる頃から、人の意識を縛るものは、お金である。若い時は「金がない、金がない」とボヤきながらも、その実感はあまりない。金持ちの息子を除けば、仲間も皆金がないのだし、それにまだ甘えも利く世代である。日本では、結婚式の費用だって親が出すもの、と決めている社会もあるし、結婚した娘が実家に帰れば、冷蔵庫がカラになるくらい、しこたま親のうちにある食料品を持って帰る。何かある度に、親のところに行ってＳＯＳを出せば、何がしかのお金は出て来る、と思っているのである。

しかし親が定年になり、体も少しずつ衰え、老後のことを真剣に考える頃から、子供世代の中年も深刻に経済的な重荷を実感するようになる。子供の教育費用はどうするか。持ち家もあった方がいいのではないだろうか。保険はどれくらいかけるべきか。老後はどういうふうに送るべく決心したらいいか。老いて寝た切りになった親はどうしたらいいか。

そのすべてはお金にかかわる問題である。そしてまたお金だけでは解決しない問題でもある。

私はお金を儲ける方法についてはほとんど何も言う資格を持たない。作家などという特殊な技能については、評価する客観的な判断がないからである。世間は、作家の仕事を、突然のインスピレーションによって作品ができ、頭を掻きむしりながら原稿用紙に向かって書く、というテレビの中の古い姿で思っているらしい。ああいう姿は全く誤解だと思う。書くことがあれほど辛いようだったら、とうてい長い年月、仕事が続くものではない。私は何日もかけて何度も読み返して文章を推敲《すいこう》するが、書くことは私にとっては実に楽な作業である。

作家の仕事は、決して突然のインスピレーションで大金を儲けるというものではなく、長い時間をかけ、地道な辛抱のいる用意や作業を繰り返して初めて完成する、肉体労働の要素が非常に濃いものである。『天上の青』（新潮文庫）という連続殺人犯を書いた小説は、書こうと思って資料を集め出した時がはっきりわかっているので、十七年目にやっと作品になったことも計算できている。

私の場合、作品にはインスピレーションより一種の哲学的な背骨が要る。その周りに必要な肉をつけて行って、その背骨が露《あらわ》な形で見えなくするまでが、その過程に必要な年月である。そして作家の資質というのは、一つのことを何十年も意識の中で持続できることが第一に上げられる。

作家の中には、必ずしもお金が儲かるような作品を書いている人ばかりではない。ただ毎日毎日、書くという作業を繰り返すという点では、総ての作家は同じことをしている。つまり作家の仕事は、知的労働というより、ブルーカラーの作業に近いのだ。毎日毎日同じことができる、というだけで、今の日本では、作家でなくても或る程度の経済的な基盤を作ることができる。言葉を換えて言えば、お金は、僥倖《ぎょうこう》で作るか、地道な労働で作るかどちらかなのである。この大原則は、昔からほとんど変わることがない。

時々数寄屋橋交差点を通りかかると、長い行列を目撃することがある。社会主義の国では人が行列を作ることは日常茶飯事だったが、自由主義、資本主義、サービス重視の日本で何事かと思って聞くと、ジャンボ宝くじの売出しの窓口が近くにあるのだ。

しかも、この数寄屋橋交差点の近くの売り場で買ったくじはよく当たるという評判なのだと言う。

私は日本財団に勤めるようになってから、時々競艇場に行く。日本財団は競艇を主催している団体だと思っている人もいるが、競艇の事業には全く係わっていない。ただ競艇の売上げの中から三・三パーセントを受けて、それを海洋・船舶に関する研究事業、国内の公益福祉、文化事業の支援、国際協力・援助などに使う財団である。

競艇場にはいわば「ご挨拶」に行くのだが、行けば、必ずお祝儀に舟券を買う。舟券は一枚百円。私は一レース当たり三千円ずつに決めている。もし一レースにこれくらいの枚数の券を買って行って一日中いるとすると、一日の遊びにかかるお金は三万円ちょっと。それくらいが健全なレジャーだろうと思うからである。

しかし私は恐ろしくくじ運が悪い。率から言って、こんなに当たらないはずはない、というくらい当たらない。しかし私はくじ運が悪くて当然だと思っている。私は毎日毎日律儀に肉体労働をして報酬を得るという生活に慣れている。一攫千金など体験したことがない。

お金を溜めようとしたら、やはり律儀と倹約という昔ながらの方法しかないのである。ケチと倹約は少し違うのだが、私は幼い時から、ものを大切に使うこと、地道に働くことを、母と学校の両方から教わった。今でも私は、買った食べ物を残すことができない。必ず数日に一度ずつ鶏の手羽肉などを買って来て、冷蔵庫の中の残り物の野菜を利用したスープを作る。

お金を溜めようと思ったら、やはり私程度の志低いケチの精神は要るであろう。そうでなかったら、決して宝くじや博打などでは、お金は溜まらないのである。

お中元やお歳暮の季節に頂いたものの量が多すぎると思う時は、その日のうちに、近所の人でも、友人でも、誰か食べてくれるか使ってくれそうな人に贈る気持ちも必要だろう。家族が四、五人いるうちなら、何をもらっても役に立ちますと喜んでくれる。

人ものも生き物なのである。いつかは必ず死ぬか滅びる運命にある。その存在を役立てることは、人間の大きな義務である。この世に存在したものは、必ずどこかで喜んで受け入れられていなければならない、と思う。「こんなもの」と言われたり、働く場もなく腐らせて捨て置かれるのではないように、使い切らなければならない。

この原則を通しているだけでも、私はなぜかお金も或る程度は残るような気がしている。大資産を残せるかどうかは別として「一生食べるだけのものはついて来る」と易者が言うくらいのことは叶うような気がするのである。

お金は自分が稼いで、自分が使う。それが原則である。親からもらったものでも、人からもらったものは不自由なものだ。私たち夫婦の幸福は、どちらの親からもただ教育と健康を受けただけで、全く遺産をもらわなかったことであった。今住んでいる家、食事の時に使っている皿小鉢、家財道具、すべて私たちが必要だと感じた時に、自分の経済が許す範囲で買ったものばかりである。

お金は、自分の働きで手に入れたもの、筋の通ったもの、きちんと税金を払ったものでなければ、使い道が不自由なのだ。税金を払っていないお金は、料亭の払いや遊びに使うか、彼女にやるか、ハワイに行くか、宝石や毛皮を買うか、そんなことをする他はない。もちろん彼女にやる金も必要な時があるのだろうが、私は人にとって最高に大切なのは自由だと思うから、お金もまた自由に使えなければならない、と考えるのである。

お金は、有り過ぎても無さ過ぎても人を縛る。

多くの家庭的な問題で、お金があれば解決することも多い。もしもう一部屋あれば、年寄りが同居していても、家の中でもめない、ということもある。長い看病になると、週に一度、誰か手伝いの人に来てもらって、昼寝をしたり外出をしたりすれば、気持ちも休まり、看護人の気力も健康も長持ちする。だから私はお金を軽く見ることはしたくはない。しかし有り過ぎると、人はまたお金に縛られ、お金にお仕えしなければならなくなる。

昔からの土地持ちで、戦後も農地解放の影響をほとんど受けなかった人が時々いる。戦後の資産家はほとんどが土地成り金だと言われたくらいだったから、そういう家も所有する土地のおかげで莫大な資産家になったはずである。

普通、そうなるとついて回るのは、兄弟喧嘩である。誰がそれを管理するか、どういうふうに分けるかで、人間のもっとも醜い面を見せ合うようになる。資産を相続して幸せどころか、地獄を見た思いだろう。常識ではお金の喧嘩は「無いから起きる」のだが、私が見ている限り、有る人でもやっている。それどころか、お金の有る人ほど、強欲だ。

自分の兄弟姉妹の中に経済的に不運な人がいて、その人だけ、親が死んだ時に家を持っていない、とする。そういう場合は、他の家を持っている兄弟姉妹は相続を遠慮して、まずその兄弟姉妹の一人がほどほどのマンションを買えるようにして上げればいいのに、と思うけれど、別荘まで持っているような人たちに限って、決して相続を放棄したりはしない。ものがあることを幸福の理由にしないで、いさかいや不満の原因にしているのだからもったいない話である。

うまく行っている場合でも、こういう大きな資産家では、親族の誰かが一人、専門に財産の管理を引き受けなければならない。私は何であろうと縛りつけられるということが嫌いだから、刑務所であろうと、嫌いな女であろうと、財産であろうと、やはり縛られるのは不幸なものだ、と考えてしまう。

ちょっとだけ好きなことができる程度のお金がある状態というのが最高なのだ。ステーキが好きな人は、時々上等のステーキを買って来て食べられるほどの収入。旅行が好きな人は、年に二度くらい行きたい場所に小旅行ができる程度の小金。そうしたものは確実に幸福の条件にはなる。しかしくれぐれも、お金のことで人に憎しみを持ったり、他人は皆自分にたかりに来るだけだ、などという被害妄想に陥らぬ程度の資産の持ち主であるのがいい。

お金は使うためにある。そんな分かり切ったことを、ほんとうは言わなくてもいいはずなのだけれど、なぜか溜めるのが趣味みたいな人があちこちにいる。

溜めるということは単純に体にもよくない。呼吸という運動の中で、空気を吐き出せなくなると、それも一つの病気である。食べたものが出なくなると、それは便秘で腸癌の原因になる。お金もうまく使うことができなくなると、毒が廻って守銭奴になり下がる。お金は使うことが健全なのだ。しかし何にどう使うのが健全だと、まともに言えないところがむずかしいのである。

しかし死ぬまでにしておきたいことのために溜めて使う、という設計がそろそろ必要になるのが中年である。死んで行く親のためにお金を使うことは合理的精神から言えば無駄のようだが、後で気分がいいし、子供たちの心の成長のために大きな効果を与えるような気がする。家を建てることが一つの目的と思うなら、八十歳近くで死ぬまでに何年間使うかを計算して、いつ建てるべきかを考えたらいい。モーターボート、登山、トレッキング、それぞれにおおよそ、自分ができる年齢を考慮に入れることも必要である。

寿命という言葉はギリシア語で「ヘリキア」と言うが、それはほんとうの寿命という意味の他に、「背丈」「その職業に適した年齢」という意味が含まれている。それを長くも短くも、自分の意志ではできない、と聖書は教えているのだが、寿命だけでなく、自分の背丈も人間は成長の過程でコントロールできないし、その職業に適した年齢も多くの職種ではかなり限られていて、人間はそれを如何ともなしがたい、と言うのである。

お金のあるなしなど、大したことではない、と言いたいところだが、私はやはりそうも言えない。ただ適切に溜め、適切に使うことが、その人の生涯をかけた才能の見せどころで、それに成功している人は、会社で出世などしていなくても、やはり大物であることを私たちはひしひしと感じるのである。

親を背負う子

——一見損な役回りをかってでられるか——

中年になって急に大きな問題になって来るのは、親の老後である。

若い時の親は、例外は別として自分を庇護してくれる存在であった。身の廻りの面倒も見てくれたし、かなり後になっても、時々は小遣いをくれる存在であったかも知れない。

しかし中年になってふと気がついて見ると、親はもう「老人」になっている。まだ元気な年寄りか、病気がちな高齢者かどうかは別として、とにかく「法定」老人か、その直前にいる。今は元気でも、いずれは誰かがどういうふうに面倒を見るか計画を立てておかねばならない。

私はこの問題に関しては、今の法律は実に合理的でないと思う。子供は平等に親の遺したものを受け継ぐ権利を有すると言いながら、親の扶養に関しては、責任の所在を明確にしない。昔は社会通念として、長男が親を見、その代わりに財産をすべて長男が受け継いだ。そのようにして「家」は継続するように仕組まれていたのである。

しかし今はそうではない。誰が見るかは、多くの場合、長男でもない一人の子供に偏《かたよ》ってかかっていることが多い。そして何もしなかった子供でも相続は平等だ。これはまちがっている。親をみた子供が、財産はすべて引き継ぐのが自然だ。

私は全くの一人娘として育った。一人息子一人娘の場合は却《かえ》って話が簡単である。他に誰も面倒の見手がないのだから自然に私が親を見ることになった。父は母と離婚した後、いいお相手があって再婚していたが、母は一人きりなのだから、昔風にいえば私が結婚して夫の姓を名乗っていても、母を捨てることはできない、と考えていた。それを自然のこととして認めてくれた夫にも感謝している。

もっとも私たち夫婦も不純でいい気なものであった。私は結婚した時、まだ大学の四年生だったので、大学の助教授だった夫と朝はいっしょに家を出て、二人共大学に通うという生活だった。今の私だったら、料理も手早いから何とかやれただろうけれど、その当時は家事全般に不慣れだし、卒論は書かねばならないし、とても学生と主婦を同時にこなす才覚などない。

卒業したら大丈夫などと、体裁のいい言い訳を考えていたが、卒業と同時くらいに私は書き始めていた小説が売れるようになったので、そうなると新人作家は眼をつり上げて原稿用紙に立ち向かわねばならない。正直言って再び家事どころではなかったのである。それで母を「使った」。実母というのは甘いものだし、まだその頃の母は、私など足元にも及ばないほどの家事のベテランだったから、出番のあることを喜んでいた節もあった。

そのうちに子供も生まれた。作家はいつでも家にいるので、子育ても会社勤めの人より楽だと言えた。しかし講演があれば、家を空ける。一九五九年の伊勢湾台風の時も仕事で大阪にいた。「途中、台風とちょうどぶつかりそうだから、明日帰ったらどうですか?」と言われたのに、何とかしてその日中に家に帰り着こうとして列車に乗ったのも、息子が当時四歳で、母が見てくれてはいたが、やはり何とかして早く帰ろうと思い続けていたからである。それはおろかな選択で、私の列車はまさに台風の中心の名古屋駅で秒速七十五メートルという暴風の中で動けなくなり、その夜も翌日の夜も足止めを食ったことを覚えている。

私たちは三十代で夫の両親と同居することになった。夫の両親は六十代の半ばにさしかかっていた。当時は定年が五十五歳の頃である。夫の父はまだ或る広告代理店の仕事を手伝っていて、助教授の夫よりたくさん給与を貰っていたらしいが、それでも「先は見えて来た」という年であった。その時、私たちの住んでいた家の隣が売りに出たのである。

今から思えばまだ土地の値段は安いものだったが、それでも私たちからすると、それはとうてい隣でなければ買わないほどの値段であった。しかも全体の面積の半分に古い家が乗っかっているのを、銀行から借金をすればどうやら買えるかもしれない、という計算であった。

私も夫の両親を呼び寄せることに賛成だった。一つには、いくら「利用している」とは言え、自分の母だけと近くに住むのは、どうもフェアーではないような気がした。夫は姉と二人のきょうだいだが、姉は当然嫁いでいるので、昔風に言うと長男で親を見る立場にもある。もう一つの理由は、私がさぼりたかったのであった。それまでにも夫の母には気管支拡張症という吐血する病気があった。休火山のようなもので、普段は元気なのだが、時々血を吐いて倒れる。たいていの場合、命に別状があるほどの出血量ではないのだが、安静にしていなくてはならないので、私はおかずなど作って、当時中野に住んでいた夫の両親を見舞っていた。これがなかなか時間がかかって大変だったのである。

隣に住めば、その手間が省ける、というのが私の考えだった。見舞いにしても、中野では毎日というわけにはいかない。隣なら、一日に十五分間ずつでも必要な時に何回か見に行ける。

その時以来、親と軒先が一メートルしか離れていない家に住んで一番便利だと思ったのは、おいしいものをすぐ分け合えることだった。私は鮎など食べなくても、サンマでも同じくらいおいしく思えるのだが、親たちは年を取るほど鮎を好むようになった。段々体が衰えて、もう鮎を食べに行くこともできなくなれば、頂きものの生きのいい鮎がある時には、真先に焼き立てを食べさせたい。

舅《しゅうと》の方は甘いものが好きだった。ことに栗饅頭は大好物だった。どなたかから地方名物の上等の栗饅頭をいただくと、一番先に舅に持って行けることがありがたくてならなかった。これが中野に離れて住んでいたら、私は必ず「こんなに忙しいのに、栗饅頭一つ、わざわざあんな遠いところまで持っていけるか」と思い、決して努力して届けようとはしないに違いないからであった。

そしてそれ以後、私はなしくずしに、「いい加減に」、手抜きしながら、とにかく仕事と両親同居を、最後まで続けて来た。一日は二十四時間しかないのだから、仕事をしていれば、その分だけ親の面倒を見ることは手抜きになることは明らかである。しかし私は生活というものには理想はあり得ない、と初めから思っていた。理想には程遠いかも知れないが、とにかく一生親を捨てず、何とか皆で暮らすことが大切だ、と思い込んでいた。

私たちは共稼ぎをしていて少し収入もあったので、両親たちを見送るまで、親たちの質素な生活くらい見ることが精神的負担にならないで済んだが、これは大きな幸運であったと言わねばならない。そんな甘いことを言えない人が世間には多いのである。私たちは、親たちを幸福にするための出費は、もっとも有効ないいお金の使い方だと感じていた。親たちもそれぞれに節約してささやかな貯金を持っていたが、私たちは、親から生活費や家の維持費を払ってもらう必要もなかった。私たちは親たちの健康状態に合わせて、ほっておいたり、おかずを時々届けたり、材料を冷蔵庫に補給したり、完全に付添いを付けたり、その時々の段階でやって来た。私が終始やって来たのは、家を気持ちよく保つという仕事だけである。切れた電球を換えたり、古い家の根太《ねだ》を直したり、障子を張り替えたりすること……つまり「営繕」の仕事は私が全部やるものと思っていた。

私はもっと温かい親との過ごし方をあちこちで見て来た。別に子供に経済力がある必要などない。いっしょに喋り、お茶を飲み、親子で見られるところに朝顔の種を蒔《ま》いて楽しみ、「風邪はどう?」と聞いてあげることが、親にとっては最上の嬉しさなのである。その点で、私は忙し過ぎて親孝行をできなかったが、親を全く見捨てるという生活もしないで済んだ。人間は多くの場合、よくもなく、悪くもないていどの暮らしをするものである。

どんな生活でもいいのである。その人にとって可能であり、合っている方法で親をどう見るかを、中年になったら考えなければならない。

或る日、私は今関西の方の私大で働いている息子の年を考えた。息子の定年は七十歳だという。定年までつつがなく勤めさせていただくとすれば、彼が自由になるのは後三十年近く後である。その時には私は九十五歳近くである。多分そんな年まで生きてはいないだろうから、私は息子が近くにいて、私が風邪を引いたとか、転んで捻挫したとかいうことでちょっと面倒を見てもらうことなど、とうてい当てにできないと覚悟しなければならない。それならそのつもりで、私は初めから、生活の設定をしなければならないわけである。

しかしほんとうのことを言うと、同じ東京の大田区と中野区でも離れすぎていて面倒を見にくかったのだから、関西と東京ほど離れていたら、とうていいかなる気配りもできるものではない。賢い親子なら、もっとずっと手前から、親が老年になったらどうするか、考えておくべきなのだ。

自分の老年を政府に見てもらいたい、というのも、状況によっては虫のいい話だろう。東南アジアのほとんどの国が、年老いた親は子供が見る習慣を持っている。しかし白人が多い国では、子供は親と住まない、と言う。それなら、親はどうやって暮らしているのだろう。子供の数の減った日本はもとより、それよりもっと厳しい人口抑制をしている中国などでは、国家や社会の機能に期待しても、今に老人の面倒を見る若い世代がいなくなることは眼に見えている。

基本はやはり子供が親をどうするか考えておくしかない。老齢というものは厳しいものなのだ。老人たちの中には高齢を口実に、怠けてさぼるのもいるかもしれないが、したくてもできなくなる、というのが高齢の実態なのである。

中年はそれぞれの家庭が、まだ生活の厳しい時代である。子供は完全に仕上がっていない。娘なら、学校は出ても結婚が決まっていない。そんな状態で親たちは老いて来る。どこに住むか。誰がその生活を見るか。

中年の子供たちは、冷静に話し合って、理想を追わず、現実に可能なことだけを考えて、賢くその責任を分かち合うべきだろう。現状の法律的な相続の権利を考えると、子供の親を見る責任も平等であるべきである。結婚して他家の姓になっていようがいなかろうが、である。

それなのに、その任務を果たさない子供の話は枚挙に暇《いとま》がない。任務を果たさない子供ほど、親が死ぬとその財産の相続の権利を言いたてる。

もっとも平等などという概念は、冷たいものである。私は身近に、兄弟姉妹の無関心をよそに、黙々と親を引き取って暮らした人を、何人か知っている。だからと言って、彼らが親の死後、その財産を貰えるなどという幸運はあまり期待できないのだ。親が元々そうしたお金を持っていなかった人もあれば、残された子供たちが、親の面倒を見なくても、遺産だけはちゃんと要求するような人たちである場合もあるからである。

しかし、これは親を見る見ないの場合だけでなく、私はこの頃、中年になったら、個人的な生活でも、勤め先でも、一見損な役回りをかってでられる人ほど、魅力があるように思うようになった。皆がそれを利用してできないほどの仕事を押しつける、というような結果になってはいけないのだが、親でも、結婚しない兄弟でもいいのだが、その老後を引き受け、財産の相続にはそれほど執着しない、というような人がいたら、それは、実際にその人の実力——優しさや、運命をおおらかに受けいれる気力——を表している場合が多いから、深い尊敬を覚えるのである。身内の人々には文句なしに尽くした方が、その人は後で気分がいいのだろうと思う。親に何も尽くさなかった人は、見ていてもぎすぎすした生活を送っているように見えることが多い。親と最後までできる限り付き合って来た人には、その点、運命の自然な恩寵《おんちよう》を感じることがある。やるべきことをやった人、というのは、後半生がさわやかなのである。

読まれなかった日記

——自分史に人への恨みは書くな——

ワープロの普及は、一つの記録の革命であった。私は作家の執筆の方途が、筆から万年筆に変わった時のことは知らないが、万年筆からいつのまにかボールペンに変わった時のことは知っている。今でも万年筆や鉛筆でしか書かない作家もいると思うが、私は筆記用具に作家の魂がこもっているなどとは思わないたちなので、全く無定見にその時代その時代で便利なものを使うようにしている。

それで私はさっさとワープロに乗り換えたのであった。私は英文タイプを打つことができたので、こうした機械に対する拒否反応がなかったのだと思うが、使ってみると止められない便利さがあった。そしてその頃から、何かに挑戦することの好きな中年以後の世代の人たちが、ワープロで自分史を書こうとするようになったのである。

私はお金をかけない道楽も大好きである。自分でワープロで原稿を書き、家庭用の製本機で本にするなどというのは、実に楽しいことだと思う。仮に四百字詰め三百枚の自分史を書き上げ、それを子や孫や友人知人五十人に配るとしても、それほどの費用は掛からない。フロッピーさえ残しておけば、増刷したい時、いつでも必要なだけ刷り増しもできる。もしこれを業者に頼んだら、結構高いものになるだろう。最低三百冊くらいは一度に刷らねばならないだろうから、それを自宅に保管しておくことも場所を取ってむずかしいことになる。

この自分史には、正直に言うとたった一つ弊害が出ている。それはやたらと人に配ることである。私は一日に三冊見知らぬ人からこういう貴重な書物を受けたことがある。どんなに貴重だとわかっていても、一月に十冊以上もらったら、とても読みきれるものではない。自分史は、友人家族親戚にだけ配るのがいいかもしれない。

中年以後は自分史を書きたくなる年頃である。定年前はその時間もないし、またそういう意識もない。しかし定年後は自然に書き残す興味が出て来る。

書くということはすばらしい作業である。私は今、日本財団というところに勤めていて、サラリーマン生活らしいものの片鱗《へんりん》も周囲に覗かせてもらっているが、やはり作家の生活というものは、何と厳しいものだったのだろう、と思う。世間は作家というと、いつもうちにいられて、生活も気儘、夜はお酒を飲みに行き、道楽半分のような旅行をいつでもできるふわついた仕事と思っているかもしれないが、体と精神にのしかかって来る重圧は比類ないものだと思う。だから確かに書くことは老化防止の頭のトレーニングにはなる。

さて年を重ねるということと、書くということとの間に、一つの繋がりをつけるような心理が多かれ少なかれ生じる場合がある。今日の主題はそのことである。つまり人は、青年時代より長く生きれば生きるほど、言いたいと思うことが多くなる。そのこと自体は自然なことだろう。なにしろ長く人生を見て来たのだ。私もおもしろい運命にたくさん立ち合ったが、そのどれもが嘘だと言われるほど劇的である。しかしそのほとんどを私は語る気がない。なぜなら、その多くはプライバシーに関わることだから。それで私はそれらのことを、黙って墓場まで持って行くつもりでいる。

言いたいと思うことは、二つの分野に分かれるように思う。

一つは、社会に対して、若い者に対して、子孫に対して、言い残してやりたい、という説教に類似する情熱である。

もちろんこれはその人の善意から出たものである。私も比較的早く結婚し、息子もまた割と早い年代に家庭を持ったので、孫はもう一人前の男の声を出している。この子が生きる限り、そして彼が結婚して子供を持った時、更にその子供もまた平和の中で健やかに育つことを願わないわけがない。

しかし私は、体験としてではなく、知識として持ったものの中で、自分の血肉となるような情熱にまで発展したものはほとんどなかったのである。知識として蓄えたものが、自分の体験に触発されて、一つの思想になったものはある。しかし人から聞いたもの、教えられたもので、純粋にそのまま私の信条になったものは一つもないように思う。

それは私が人よりはるかに想像力が乏しく、抽象的な命題を理解する能力もそれを心に定着させる力にも欠けていたせいかもしれない。しかし私は、人間は自分が体験したことしかわからないものだ、という考えから今でも抜けきれないでいる。

私たちの幼い時代、祖母や母や社会全体は、お米粒を大切にする、ということを子供たちに教えた。お米粒はお百姓さんの苦労の結晶なのだから、決して無駄にしてはならない。駅弁は蓋の裏についた米粒をまずきれいに食べてから、お弁当の本体に箸をつけるということは、常識に近いことであった。

しかしもしその言葉だけで、私が全く農業をしたことがなかったら、私はその言葉を信じなかったような気もする。戦争の末期、私は中学生だったが、東京の学校のテニス・コートを潰《つぶ》して畑にすることになった。私たちは初めて鍬《くわ》で、それまでローラーで固め続けて来たコートの土に立ち向かった。軽い鍬は跳ね返され、やっと刃が食い込んだとしても、凄まじい粘土質の土が深耕《しんこう》を妨げた。

私は農耕の辛さを実感した。五十センチ四方を耕すのが苦痛だった。お百姓さんがどんなに苦労して作物を作っているか、私はその時に知ったのである。だから駅弁の蓋の裏のご飯粒から食べる理由がわかったのである。

しかし今の人たちは一度も畑にも田圃にも下りたことがない。玉葱は枝になるものだと思っていた二十代の女性がいたが、この人は頭も気立てもいい人である。ただ教育が悪かった。体験させればすぐわかる子に、常識さえも教えなかった教師と親に責任がある。

小説家はすべて自分の体験から書いている。同じ体験ではないにしても、類似した体験の記憶があるから書けるのである。子供の時の家庭の不幸を肥料にして書いている作家は多いし、私も多分その一人だと思うが、だからと言って他人から、自分はこういう辛い思いをしてきたのでそれを小説に書いてくださいと言われても、それはできないのである。

　戦争も原爆も人権侵害も差別問題も、語り継いだ方がいいとは思うが、恐らくそれは不可能である。親の苦労話さえ、子供たちの多くは身にしみて聞かない。記憶もしない。

　戦後の日本の大新聞のほとんどが――朝日も毎日も読売も――すべて言論の自由のために闘ったどころか、革新を装って私のような立場の者を言論統制で弾圧して来たのだが、このことも若い世代は信じない。また少なくとも一九五〇年代までは、作家は卑しい職業だとして、社会から爪弾《つまはじ》きされ、差別されていた。作家はつまり「賤業」だった。そう言っても誰も理解しない。

　私はそれで結構だと思っている。世間は（もちろん私をも含めて）皆その程度に自分の見ている今の現実しか理解しない。歴史的な事実はどうしても心に浸透しないのである。だから、世の中をよくするための警世の書を書き残そうなどと思うのは、私にはできないことだし、愚かな企てだとも感じている。

　地球はいつも、その上で生きている人たちが全責任を持ってやって行く他はない。彼らが自らの運命を選択し、その結果を引き受ける。考えてみればそれが一番フェアーでいい。それによって地球は滅びる場合もあるかもしれないが、運命は決して予測通りにならないのが普通だから、案外目茶苦茶をやっていても、地球は栄えるかもしれないのである。私たちの思う通りにしないと、地球は滅びるだろうと思うのは、もしかすると自分の言うことを聞いてもらえない世代が、仕返しに若い者が不幸になることを期待しているのではないかと思うくらいだ。

だから私たちとしては、自分が生きている間、自分がいいと思うことをし続けて、そして人には指令も命令も希望もしないことだ。もし若い世代が、中年以後の人々のしていることが正しいと思うとしたら、それはお説教によってではなく、ただ生きざまを肯定した時のことである。

もう一つの書き残す情熱を考えてみよう。

私は昔、或る親子を知っていた。正直なところ、息子はまともで、親の方がおかしな人たちだったと思っている。しかし当時は戦争や病気などの影響を受けた弱い人たちが、幸福になるのが難しかった混乱期でもあった。

それでもその親たちは、世界的世間的レベルからみると決して不幸ではなかった。夫婦は清潔な老人ホームに入れてもらって、きちんと食事を与えられ、時々訪ねて来る息子夫婦から普段着や寝巻の差し入れも受け、ホームで働く職員さんに感謝のお菓子を届けてもらってもいた。

この老夫婦の気の毒なことは、二人共喘息《ぜんそく》の持病があったことだ。喘息は何もできないという正当な理由でもあり、その人の性格によっては働かない口実にもなる。彼らは善良ではあったが弱い人たちだった。自分たちの生涯があまり成功しなかったことについて、彼らはすべての原因を、親や兄弟や他人や社会のせいにした。

晩年に、その老父は老人ホームでずっと日記を書き続けていたらしい。日記を書くことによって、自分を客観視することができるようになれば、それはすばらしいことだったのだが、息子という人が、一回だけちょっと覗いたところによると、その日記は、主に他人の悪口だけを女々しく記録したものだった。毎日毎日誰がこんなひどいことをした、誰がこんなこともしてくれなかった、という恨みつらみの羅列だったと言う。

こういう依存型・不満型の精神の人は、ほんとうは弱い人のように見えるが、実はそうとも言えないように私は思う。その老父は、自分の意にそぐわない人をことごとく綿密に記録することで、神や仏、世間までを動員して断罪し、死後もずっと心理的に罰しようと企んだのだと思う。

この夫婦はまず老母が亡くなり、しばらくして日記を書いていた老父が死んだ。私は老母の時はお葬式にも出席できなかったが、老父の時には参列した。いよいよ皆が最後のお別れをしてお棺の蓋が閉められる時、会葬者は菊の花を入れたが、息子は数冊のノートと万年筆と眼鏡を入れるのが見えた。

葬儀社の人の手でお棺の蓋が閉められている間に、私は偶然傍に立っていた息子に小さな声で尋ねた。

「あれは……」

「いつかお話しした父のノートです」

「燃してしまっていいの？」

息子の眼には、もうそのことについて考え尽くしたという静かな表情があった。

「不平不満の記録を残しても、父としては恥ずかしく思うかもしれませんし」

そんなことがあるわけはなかったが、私はそこに息子の一つの愛情を感じた。

「僕も弱い人間ですから、父が僕を呪っていたなどと知ると、また父に対する恨みも抱きかねません。しかしこうして読まないで終われば、僕も多分、父の一番いいところだけを思い出に取っておくんじゃないかと思うんです」

彼はそう言ってから付け加えた。

「それに、人に対する恨みであろうとなかろうと、書くということは父のたった一つの趣味だったんですから、あのノートに父はこれからも書き続けるのがいいんじゃないかと思います」

人に対する恨みなど、書き残して死のうなどとは夢思わないことである。

固い顔も和らげる

——算数通りにならない人生——

先日、大竹省二さんが撮られた『昭和の群像』という写真集を送って頂いた。俳優、画家、劇作家、彫刻家、野球選手、落語家、作家などの肖像写真集で、驚いたことに、私も「私の娘みたいに」写して頂いている。しかし若すぎて別人を見るようなので、ちっとも実感がない。私は昔から写真に写るのを避ける性格があって、自分の若い時の写真にうっとりする気持ちなど持てたこともないのだが、この写真集は大竹さんのすばらしい力作で、実によく作家たちの性格が出ているような気がする。

私はここに登場されるかなり多くの方に実際にお会いしているので、じっと見ているとと懐かしかったし、面白いことにも気がついた。私を初めとして多くの人たちが、若い時には、どちらかというとつまらない顔をしていたな、と思えたのである。もちろん例外もあって、円地文子さんなどは、若い時から品のある思慮深い顔をしておられるので改めて感動した。

しかし他の多くの方たちも、若い時には、やはり深みのない顔をしている。こんなことを言うと、お前は今の自分の方がそんなにいい顔をしていると思っているのか、と言われそうでコマルのだが、もちろん私はうんと年を取って、その意味では見るに耐えないのだ。しかし何だか、そのよれよれが私らしくて安定がよく、楽しめるような気がするのである。

美醜というものは何をもって判断するのかよくわからないが、女優さんなどは、確かに若い時の方がきれいだ、と言えるかもしれない。ブリジット・バルドーにせよ、オードリー・ヘップバーンにせよ、エリザベス・テイラーにせよ、やはり若い時の輝くような美しさは、年を取ってからは見られない。

イングリッド・バーグマンの晩年の杖をついた写真が公表された時、それを老残と書いた週刊誌もあったし、みじめだと感じている人たちもいたようだが、私は今でも彼女の老いの姿に感動している。ああ、みごとに生きたな、という姿であった。あれはただの女優さんではなく、人間として見事に生き抜いた人であった、という感じだった。

もし、私の独断的な判断の通り、多くの作家が年を取るほどいい顔になっているとしたら、それは安定性を初めから考えない運命や年月と四つに組んで、決して逃げなかったからなのである。

もちろんこういう運命との対し方とか、運命による変化とかは、決して作家だけのものではない。加齢ということは、普通なら誰にとっても願わしくないことだ。人間の体は車と同じで、年月を経れば、すべてのパーツがだめになって来る。そしてほんとうの年寄りになる前に、まだ中年の意識しかない頃から、人はさまざまな部分に老化と、部分的な死を体験するのである。

白髪や禿げに悩む人もいる。顔に染みが出て、人前に出たくなくなったという女性にも会ったことがある。太った。癌になった。突然血圧が高くなった。糖尿病の宣告を受けた。やたらにトイレが近くなった。ものがうまく飲み込めなくなった。眼が霞む。一々眼鏡をかけないと新幹線の座席番号が読めない。階段を登るのが億劫《おっくう》で必ずエスカレーターを利用する。耳の聞こえが悪くなった。外界に興味を失って来た。言い出したら切りがないが、これが中年以後の宿命である。

老化は、当人の罪ではない。しかし、中には若い時から、明らかに節制が悪かったためにみすみす体を壊した、と思う人もいる。仕事がきつかっただけではない。体もまた壊れ得るものだ、という認識なしに「こんなものだ。しょうがないじゃないか」という生活を送って来たのである。ことにマスコミの世界などに多いのだが、朝は遅く起きて、濃いコーヒー一杯飲むのがやっと。会社では、タバコの煙濛々《もうもう》たる中で、再びコーヒーで活力をつけて仕事をする。その間に、ラーメンやカツ丼を食べるが、灯がともる頃やっと元気が出だして、会社が終わると必ずどこかへ繰り出し、タバコと酒の重ね飲み。翌日まで起きているが、米粒など夕方からはほとんど食べていない。野菜も考えてみると、全く口にしていない、という生活である。これを何十年と続けるのだから、悪い影響も増幅するだろう。

そういう人たちの多くは色が黒いのだが、それはゴルフの日焼けではなく、ネオン焼けであり、肝臓が悪い証拠である。凡そ体を保っていけないようなでたらめな日常を、「しょうがないじゃないか」と考えて平気なのである。こういう生活を二、三十年続けた結果が、肝硬変や癌で、それから慌てて愕然とするわけだ。しかしこれは当然の帰結である。

常人の場合、体はやはり手入れに比例して長持ちする、ように見える。手入れと言っても、エステのことではない。

私などは戦争中の子供で、ひどい食事をして育ったが、一応の国家的貧困な時代が過ぎた後も、質素なものでもありがたいと思って喜んで食べる癖が残っていた。

幸運なことに私は甘いものがあまり好きではなかった。もっとも時々塩をやたらに食べたくなり、塩っぱいものを食べると「ああ、美味しい」と感動した。塩を甘《うま》い、と感じたのである。生まれつきの低血圧だったので、塩を摂っても今まではひどく健康を害するということもなく済んでいる。

沢庵、塩せんべいのような固いものも大好きだったので、自然と歯はよくなった。しかし遺伝性の近視だったので、子供の時からどれだけ眼鏡にお金をかけたかしれない。その代わり入れ歯を作らなくて済んでいるが、差引少しは損害を取り返せた、という程度である。しかし、この年になるまで、ほとんどひどい病気で入院することがなかった、というのは、結果的にきちんきちんと「体にいい質素なご飯」を食べて来たからだと思う。

どんな無謀な生活をしても、びくともしない立派な体の持ち主というものもある。しかし普通の人間は、或る程度の体の手入れを辛抱強くし続けることによって辛うじて健康を手にするのだと思う。無謀な生活をしながら、中年以後も健康に生きようとするのは虫の良すぎる話だ。家でも機械でも同じである。手入れがよければ、かなり長い間気持ちよく使える。しかし手荒な使い方をすると、てきめんに損耗は激しくなる。

しかし、これと反対なのが、体にいいことしかしない、という人である。雨が降ると風邪を引くから外出を止め、感染を恐れて友達が病気になると見舞いなど考えない。旅行はしたいのだが、暑さ寒さ、政変、テロリスト、麻薬、自動車事故、ピストルを持った人たち、泥棒とスリとひったくり、ホテルの非常階段の不備、マラリアやエイズや他のもろもろの病気、火山、地震、悪い天候、隕石が落ちるかもしれない可能性、飛行機事故、何もかもが生命の危険に結びついて考えられるので、もうどこにも行けない。

こういう人は――主に女性に多いのだが――怖い、危険が予想されることは一切しない。従って面白いことは全然できない。そして若い時に既にこういう思考の形態を持っていると、年を取るほど段々その面が強くなる。

健康志向も中年以降は段々激しくなって来る。私の高齢の知人の何人かは、歩くことが体にいいとなると、一日に五時間も六時間も歩いている。そうなると、生きるということはただ歩くということで、他には何の生産的なこともしなくなる。まあ老齢になって、床に着いて寝た切りになっているよりは歩いている方が傍にも面倒をかけなくていいかもしれないが、健康は生きるための一つの条件に過ぎないのだから、健康維持そのものが目的になったら終わりなのである。

体力の衰えを嘆く人は多いし、それも当然なのだが、私は体力が充満している時には考えられない人生の見方というものも確かにあって、それがいい人を作るような気がする。

若い時には正義などというものを重大なものだと考える。もちろん私も正義はかなり好きなのだ（現在完了形）が、年を取ると、正義という名の情熱の筋を通すより、気にくわない他人にも優しさを示す、などということの方がはるかにむずかしい姿勢であり、偉大な徳だ、ということがわかって来た。

この連載の第四回目（38ページ）に「正義など何ほどのことか」と私は書いているが、まさに幼い正義感など誰でも口にできる。しかし慈悲の心を持つことははるかにむずかしい。旧約聖書の箴言《しんげん》は「愛はすべての罪を覆う」（10・12）と言い切り、「成功する人は忍耐する人。背きを赦すことは人に輝きをそえる」（19・11）とも見抜いているのである。

やはり年をとって体の衰えを感じる頃から、勤勉とか、向上心とかに対する一種の「おかしさ」も「おろかしさ」も（そしてもちろん「けなげさ」も改めて）わかって来るのである。勤勉であること、向上心を持つことが、悪いことだというのではない。しかしこうした複雑な心理を理解するのは、人間の限度を見極められるようになる中年以後に、挫折と死に向かう自分の姿を知った時からなのである。それより前の人間は、どこか若さを頼んで思い上がっているから、長い視点も持ち得ないし、自分のいる位置もわからない。人間の心の重層性もとうてい読めないし、心の揺れ動く陰影も見つけられない。

同じ旧約聖書の「コヘレトの言葉」の中には、次のような件《くだり》もある。

「太陽の下に、次のような不幸があって、人間を大きく支配しているのをわたしは見た。ある人に神は富、財宝、名誉を与え、この人の望むところは何ひとつ欠けていなかった。しかし神は、彼がそれを自ら享受することを許されなかったので、他人がそれを得ることになった。これまた空しく、大いに不幸なことだ」（6・1〜2）

なぜ享受できなかったかは書かれていない。しかし今でもこのような例はたくさんある。お金を山ほど持ちながら、病気がちだったり、時間が全くなかったり、家庭が円満でなかったりする人はよくいる。そして彼が必死で作った財産を使うのは、彼自身ではなく、会社の従業員だったり、不肖の息子だったり、憎んでいる兄弟だったりする。

ありがたいことに、かなり単純なものの考え方をする人でも、中年以後はさすがに単純反応では生きていられないことがわかる。人生、理論通りではないのだ。一足す一は二ではない。時には四にも五にもなるが、努力したのに一のまんまということだっていくらでもある、とわかって来るのである。

若い時は自分の思い通りになることに快感がある。しかし中年以後は、自分程度の見方、予測、希望、などが、裏切られることもある、と納得し、その成り行きに一種の快感を持つこともできるようになるのである。つまり地球は、自分の小賢しい知恵では処理できないほど大きな存在だった、と思えるようになる。そう思えれば、まずく行っても自殺するほどに自分を追いつめることもないだろう。反対にうまく行っても多分、自分の功績ではなくて運がよかったからだ、と気楽に考えられるのである。すべての人がそうだ、とは言えない。しかし世の中が算数通りだとしか思えない人、或いは算数通りにならないと怒る人は、写真の中でただ年を取るだけだろうし、算数の乱れを面白がれる人は、恐らく若い時の写真よりも、年を取ってからの方が面白い人物に写るのだと思う。

「コヘレトの言葉」も最後に言うのである。

「人の知恵は顔に光を添え、固い顔も和らげる」（8・1）

親しい他人

——子供がいる、という寂しさ悲しさ——

中年にぶつかる一つの問題は、子供のことであろう。

正直なところどういう子供が親にとって理想的なのかさえ、私はいまだによくわからない。従順で明るく、よく勉強して、世間も認めるようないい学校に入り、常識的な出世街道を歩いている青年に私は何人も会った。しかし私の本心は、そうした幸運で安心な（ということはまかり間違っても犯罪など犯しそうにない）青年を見てもすぐには喜べないことが多かった。ほんとうに彼は、自分自身のしたいことを、強烈な個性をもってしているのか、信じ切れなかったのである。

私は次第に組織に組み込まれた秀才のエリートとは弱いものだ、と思うようになった。彼らの多くは、権力も地位も得、自分の能力を信じてもいるように見えるが、どこか心の奥深いところで、実はいつも自信がないし、周囲に恐怖を感じている。自分がばかにされやしないだろうか、組織から外れればどんな扱いをされるだろうか、ということに、おじけ恐れ、いつも周囲の行動を見ていて、それと自分がどれほど違うかを心配している。言葉を換えて言えば、違わなければ安心している。皆がしていること、感じている反応と自分が違わなければ、正しいのだ、と思う心理は、秀才どころか、平凡でつまらない精神の現れである。皆と同じ、ということはいいことでも悪いことでもない、つまりどこにでもいる人の平凡な反応だというだけのことだ。

しかしそういうタイプほど、自分は常識的で優秀な人間であり、まかり間違っても平凡ではない、と考えているのである。

そういう精神構造で一生を送ることが幸福かどうか、もちろんそれは当人の選択であって、他人が決めることではない。当人がそれで幸福と思っているなら、他人はそれをとやかく言うことではないのである。結婚もそうだ。どんな相手でも、当人が幸福なら、それは最高の結果なのである。

批判を浴びるのを覚悟で、ずっと昔私は、夫婦のドロボーの話を書いたことがある。夫婦のどちらかにだけ盗癖があると、それは悲劇である。しかし夫婦ともドロボーが趣味だったら、片方の盗癖に悩む夫婦よりも幸福であることは間違いない、と書いたのだ。だからといって、私は世間や他人の家庭に迷惑をかけていい、と言っているのではない。しかし夫だけが怠け者だったり、妻にだけ万引きの癖があったりして悩んでいる夫婦の深刻な姿を見ると、私はつい子供たちを引き連れてドロボーやかっぱらいに勤《いそ》しんでいるジプシーの親子の生き生きとした姿を思いだしてしまう。

この頃、ジプシーというのは差別語で、ロマとかいう呼び名を使うというのだが、こうしてどんどんことをあいまいにしようとするのはよくない傾向だから、私は抵抗させてもらう。普通のジプシーを私はインドでたくさん見たが、どんな人でも悪いことをすれば、差別されて当然だ。ヨーロッパや東欧諸国の路上で私たちが会うジプシーは、無法者が多かった。ガソリンスタンドの隅に勝手に住みついて煮たきをしたり、入ってはいけないと言われている公共の池に入って泳いだり、通りすがりの人にケチャップをかけて驚くすきに金を奪ったりしていたのだ。しかし彼らは親と子が心を合わせてこの手の「家業」にうちこんでいた。そこには家族の幸福の一つの形が確実にあるような気がしたのである。

ほんとうのことを言うと、私は子供を持つことの幸せより、子供を持つことの苦労の方が大きいような気さえすることがある。

酒乱とか、怠け者とか、どこへ行っても人に嫌われて仕事が長続きしないとか、いっぱしのことは言うのだが定職に就こうとしないとか、最近ではボランティア活動はするのだが妻子を養う仕事には興味がないとか、明らかな精神障害だとか、子供が親の心配の種になることはいくらでもある。

私の昔の知人で、一人娘を持つ人がいた。夫をなくした後、彼女はこの娘と二人で暮らして来た。いずれ養子を迎え、いっしょの家に住み、孫たちに囲まれて賑やかに暮らすのが、彼女の夢であった。

しかしこの娘は、どこか母とは違う性格であった。特に変わっているというわけではないが、母のこうした希望については、明らかに理解しようとはせず、無頓着であった。

この母は、次第に私に自分の胸のうちを打ち明けるようになった。

娘は、銀行員と結婚し、海外赴任も間近に迫っていた。母も、娘がいい夫を見つけて孫も生まれた今、彼らの結婚に文句を言う立場にないことは知っていたが、つい一人残される寂しさを愚痴ったのであろう。一人でどういう暮らしをしたらいいかわからない、とか、自分も彼らの任地で暮らそうかしら、というようなことを言ったらしい。すると娘は、今まで胸のうちに溜まっていたような思いを一挙に吐きだしたのであった。

娘は母に、「自分一人で暮らしなさい」という形で、「最後通牒」を突きつけたのである。転勤を機に自分たちは、母親とは、別に暮らすつもりだ。人間は、自分で自分の生きる道を探すべきだ。この場合の「人間」というのは、明らかに母親を指していた。もう母親だからという理由で、自分たちの幸福な家庭に闖入《ちんにゅう》する権利があると思うのは止めてもらいたい。それが娘の言い分であった。

もちろん娘の言うことにも一理はある。また母親のやり方で間違っていたこともあろう。長い間の母と娘との二人暮らしの間に、母は気を許して、娘の幸福を願っているのだから、自分は何を言ってもいいような気がしていた。その延長で、娘が結婚した後も、娘の生活を私物化して来た嫌いはある。

しかし何もそこまで言わなくてもいいだろう、とこの母は打ちのめされた。どうして娘には、人間にとって基本的な優しさというものがないのだろう。自分はそういう人間に娘を育てた覚えはない。徳だか優しさだかわからないが、そういうもののない人間は、どんな学問をしようが、出世をしようが、意味がないだろう、と思う、と彼女は私に言った。

この母には一つの恐ろしい記憶があった。この人は昔から病弱でしばしば入院した。

その間にこの一人っきりの娘を、夫の妹、つまり娘から見ると叔母の家に預けたことがあった。その時、この娘は池に落ちて死にかけたのである。もちろんその時、助かったからこそ、今日の葛藤があるのだが、母は、その事故の後の幸運を長い間、私にもよく話していた。しかし娘との軋轢《あつれき》が激しくなると、彼女はどうしてあの時、あの娘が死んでいてくれなかったのだろうとさえ思うようになった。

もちろん母にとって子供の死ほど悲しいことはない。しかし生きている子供から、裏切られたり、会いたくないと言われたりするほど辛いこともない。いっそ子供が死んでいるなら、寂しくとも諦めがつく。どうして娘はあの時、死ななかったのだろう、と思う瞬間があるようになった。

その思いがまた、この母を傷付けていた。母である自分が、娘の死を願うとはどういうことだろう。自分は今まで誰の死も願ったことはない。皆が生きて楽しく生きることだけを望んで来た。しかし今のように自分が拒否されて生きる状態が続くなら、娘が死んでしまっている方がどれだけ楽かわからない。

そのすぐ後で、この人は、その心を実に醜いものだと感じた。娘の死を願うような自分は、もはや人として生きる価値もない。しかし自殺は、キリスト教の教えに反するので、どうか自然に、一刻も早く、自分をお引き取りください、と神に祈ることにした。それが、今自分にできる、一番穏やかな心の置き方だ、と彼女は私に言った。それでいいんじゃないですか、と私は答えた。早く死なせてください、でも何でも、人は神に素直に自分の望みを言う自由がある。しかし望み自体が正しいとは限らない。時々神は諭すような静かさで、人間の希望の歪みを正してくださることがある。だから、その時がきたら、頑な心にだけはならないように。「あら、そうでしたか。じゃ、そういたします」と笑って言えるような心だけは残してください、と私は言った。

年をとるほど、私は人間の自然さが好きになった。いいことではないが、腹を立てる時は立てたらいいのである。愚かしい判断をしそうになったら「愚かだなあ」と自分を思いながら、愚かしい判断に運命を委ねたらいいのである。その愚かしい経過がないと、人間は身についた賢さを持てないような気もする。

たかが親子喧嘩である。売り言葉に買い言葉の嫌いも充分にあっただろう。しかしこの母が、拒否され、見捨てられた、という寂しさの実感を持ったこともほんとうなのである。そしてそれは初めから子供のない寂しさではなく、むしろ子供がいるのに「うちへは来るな」と言われた寂しさであって、確かにこれはもともと子供などいないよりもっと悪い寂しさかもしれないと思う。

子供がいる、ということは寂しいことだ、と思っている人はかなりいる。それに較べて、最初から子供のいない人は別に寂しくはない。ただ、子供とは不思議なもので、よくも悪くも、人生を濃密にする。喜びも憎しみも深くする。それが子供という存在の贈りものだ。しかし濃密な喜びならいいけど、重い苦悩は嫌だ、という人の気持ちも私はわかるから、やはり子供など持たない方がいい、という人に敢えて反対する気もない。

子供は徹底して、親しい他人、と思った方がいい。ただし、刑務所を出所したその日、何も聞かずに迎えて、お風呂に入れ、好物を用意する特別の他人である。誰も他にこういうことをする立場の者はいない。

子供の存在から何か期待するのも自由だが、その期待はたいてい裏切られる。裏切らない子供もたくさんいるが、その場合は子供にあまり個性がないか、親に進路を束縛されたという意識を残しているか、という場合もある。もちろんやはり親のいいつけを守り、親の望み通りの進路を進んで成功でした、という子供もたくさんいるだろう。

中年以後、子供は次第に親とは違った進路を取ることになる。今までいつも親と旅行していたのに、親とよりも、仲間とどこかへ行きたがるようになる。親とは全く違う趣味、遊び、楽しみ、言葉遣い、服装、仕種《しぐさ》、考え方をするようになる。これが普通だ。もし全く親と同じような生き方や考え方をする子供がいたら、むしろ異常かもしれない。

神戸の殺人事件の容疑者の酒鬼薔薇少年の父と母は、マスコミから憶測でさまざまなことを書かれた。父はおとなしい人で、母はよく少年を叱り、少年は母を恐れ遠ざかるようにしていた、とすべて否定的に書かれた。しかし考えようによっては、この父はいつも少年の支持者で、母は甘やかすことなく厳しく少年を躾《しつ》けようとしていたいい父母だったのだ。それでも少年があゝいう異常性格になり残忍な殺人を犯したのは、遺伝子のせいだろう。遺伝子はどうにもすることができない。

被害者の一人は、加害者の少年の両親がなかなか謝りに来ないと非難し、マスコミもそれに同調するような論調だった。しかしもし来れば来たで「のめのめと謝りに来て、家になど入れられるか。謝って済むことか。死んだ子供を返せ。被害者は加害者の顔など見たくもないものだ」となるに決まっているのだ。あの両親は、少年の行動に長い間不安を抱き続け、しかしどうにもできなかった、というのが恐らく真実なのである。

私が、子供は親しい他人と思おうとしているのは、その手のどうにもならない悲しみがあちこちにいくらでも転がっているからなのである。

ロンドンの街角で

——年月を経た自然の出会い——

　ダイアナ元妃の死後、残されたチャールズ皇太子の人気が上がっているという。このご夫婦はお互いの信頼関係に関してはどちらもどちらという感じだったが、不貞の事実があった元妻であっても、彼女の葬儀の時には、チャールズ皇太子は徒歩でその棺の後に従い、残された二人の息子に対しては、良き父であろうと一生懸命努めているかのように見える。そういうところが、国民の目には好感をもって受け止められたのだろう。

　英王室は、ダイアナの死後変わった。生き残りをかけて国民の中に入ろうとしている、などという記事も見られるようになったが、私はエリザベス女王にかなり同情的である。ああいうお嫁さんは、賢さがないのだから、女王から見ると困った嫁だったかもしれない。王室や皇室というものは、庶民と違って、やはり道徳的であるという最低限の義務を有するが、ダイアナ元妃は、その最低の義務すら守らなかった人なのだから。

そのチャールズ皇太子がサンタクロースのような奇妙な帽子をかぶった男と並んで、すっかりくつろいでいるAFPの写真と記事が出たのである。

「皇太子と貧乏人。チャールズ、ロンドンの貧しい人々を訪問中、昔のサッカー仲間を発見」

と見出しは報じている。

「驚異の対面。四十四年前、チャールズ皇太子はクライヴ・ハロルド氏とフットボールをして遊んだ」というのが写真説明である。

十二月初旬、皇太子はロンドンのホームレスを訪ね、そこでおもいがけなく、かつての級友に会った。

その時の新聞の写真の中では、皇太子は中年の男の傍に坐らせられていた。皇太子と「ツーショット」で写っているその男がクライヴ・ハロルドで、かつてはチャールズの級友であったが、今では、ホームレスたちのための雑誌「大事件」をホバーン地下鉄駅の外で売ってどうやら口を糊《のり》している人物であった。彼は四十九歳で、以前はジャーナリストで作家であった。

「殿下、私たちはいっしょの学校におりました」

ハロルドが言うと、皇太子はハロルドの皺だらけの痩せた顔をじっと見つめた。

「ほんとう？　どこで、いつ？」

皇太子は尋ねた。

「一九五〇年代の後半に、ヒル・ハウスの上級小学校でです。殿下と私は、お互いに耳が大きいことを笑い合ったものです」

厳密に言うと、それは一九五七年の一月のことであった。皇太子は二人がいっしょにサッカーをやったことも思い出した。

ハロルドは、裕福な金融業の家の息子として生まれた。作家としても名をなし、シヨウ・ビジネスのゴシップ記事の書き手としても名が通った人物であった。

しかし二度目の結婚に失敗してから、彼は深酒をするようになった。皇太子はハロルドにどうして町でホームレスとして暮らすようになったかを尋ねた。

「酒のためですよ」

と彼は答えた。

チャールズ皇太子は、ハロルドが差し出した「大事件」の一冊にサインをし、彼の背中を叩き、「元気で」と言い残してその場を去った。

新聞は「チャールズの級友」として、このクライヴ・ハロルドに関して特別の囲み記事の解説を載せている。チャールズがプリンス・オブ・ウェールズとして励んでいた頃、ハロルドはメディアで売り込もうとしていた。一九六五年に学校を卒業した後、彼は広報の仕事を始めた。一九七〇年代の初めには、彼はジャーナリストの道を歩き始めており、「ウイメンズ・オウン」「ザ・イーヴニング・スタンダード」「ザ・サン」の常連執筆者だった。

一九七〇年代の終わりから一九八〇年代の初め、皇太子がダイアナ・スペンサーと婚約した頃、ハロルドはロス・アンゼルスでショウ・ビジネスの書き手になっていた。ハロルドにはすばらしい妻がいた。彼女が賢明だった証拠には、彼女は彼を子供のようにあしらった、という知人の証言もある。「ウーマン」「ウイメンズ・オウン」「ナウ」の編集長だったデーヴィド・ダーマンによると、ハロルドはいつもしゃれた身なりをして、いかにもゴシップ記者らしく、女性たちの気を引くような男だった。彼は人気があり、しばしば彼のオフィスに強引に訪ねて来る女もあった。

私は彼が『招かれざる者』の作者であることを今度初めて知った。私はその作品を読んだことはないのだが、題名だけは記憶するほど有名だった。その作品は一九七九年度の、ベストセラーの第八位だったという。

クライヴ・ハロルドは痩せて尾羽うち枯らした人生の敗残者というふうに記事では紹介されているが、写真は全くそうではない。もちろん、その瞬間のために、ハロルドは酒を呷《あお》って、アル中の発作がなくなったため、意気軒昂たる顔つきに戻っていたに過ぎないのかもしれない。いずれにせよ、彼の視線はしっかりしており、笑いながら彼をマスコミに紹介しているような皇太子より、ハロルドはずっと肝っ玉の据わった精悍な目つきをしている。

この写真が私の心に残ったのは、「中年以後」というのは、まさにこのような邂逅《かいこう》ができるようになった年だということを感じたからである。

月とすっぽん、という言葉があるが、皇太子という立場と、ゴシップ記事の書き手という職業とは、普通なら身分的にはまさに月とすっぽんほどに違うと思われている。しかも、ハロルドはさらに身を落として、もうこれ以上落ちられないと思うほどの、ホームレスの生活をするまでになり下がった。

もちろんハロルドは、ダイアナ元妃の離婚、男関係、突然の死までをすべて知っていたろう。それ以前には、皇太子夫妻はそれぞれに愛人があり、その華やかな生活とは別に、地獄のような思いを味わっていた時期も当然あったと思われるのである。

ハロルドはそれを見ていた。自分も金のある家庭に生まれ、身をもちくずすまでは食べる苦労をしたこともない。だからと言って、幸福が保証されたわけでもなかった。ショウ・ビジネスのゴシップ記者をすれば、そのような書き手であることに対する、世間の風当たりもあったろう。私の感じでも、ゴシップ記事どころか、他人のことをすぐに簡単に、あの人はああいう人でした、こういうことを言いました、と書く人というのは、感覚が荒い人としか言いようがない。

しかし、ハロルドは、もはや皇太子が幸福で、ホームレスの自分が不幸だなどという決まり切った考えは通用しないことを知っているのだ。それが中年以後の人間の眼力なのである。

ゴシップ記者なら、たいていのことも許される。女優や、劇団関係者と、男女の仲になってそれが噂されるとしても大したことはない。パパラッチに狙われる対象でもなく、またハロルドなら、それをやり過ごす方法も知っていただろう。或いは、自分自身がそのようなゴシップ種になることこそ、「めしのたね」だったかもしれない。

しかし王室の一員はそれでは済まない。町の生活者なら、夫の浮気も、妻の情事も、よくあることとして、近隣の退屈紛らしの噂になるだけで済む。隣の奥さん、ダンナのいない隙にどこへ行くんだろうね、と窓越しに盗み見られることはあっても、殺気立ったマスコミのカメラマンの一団が金魚のウンコのように後を追うこともない。

いや、それ以前に、王室のメンバーは、浮気など外部の人とはできない。どこへ行くのにも護衛がつき、プライバシーなど持ちようがない。だから彼らのお相手は、決まって近衛の護衛の将校であったり、王宮の中で付き合える特別な階級の人々ということになる。

若い時なら、王とか、皇太子とか、大統領とか、総理とかいう立場の人々は、幸福の絶頂にあるかのような錯覚を抱く。人々に仕えられ、有名人と付き合い、物質的にも最上の夢のような暮らしができ、何より蔑《さげす》まれることなど全くない。

王室のメンバーは、特別機でどこへでも旅行できる。護衛がついて安全は保証され、おつきがたくさん随行するから自分でカバンを息せき切って運ぶ必要などない。泊まるホテルも超一流。山海の珍味。すばらしい贈り物。国家元首のお出迎え……。

しかしそれがどうだというのだ。人生のドラマの多くは、そんな所にはない。ドラマは街角や、駅頭や、寒い橋の上や、貧しいモーテルや、登山客で賑わう山小屋や、近代的な工場や、あやしげなバーにあるのだ。

しかし同じ人間と生まれながら、それらの心躍るような感動は、皇太子・チャールズには決して生涯体験できないものである。私がハロルドなら、自分の幸運を「皇太子にだけは生まれなくてよかった」という形で確認するかもしれないくらいだ。ホームレスの屯《たむろ》する師走の街角に、視察に訪れたチャールズと会った時、ハロルドは恐らく心の中で、

「お互い、惨憺たる運命でしたな」

と言っていたかもしれない。もちろんそんなことは口に出せることではない。しかし一定の年になると、もはや、外見的な人生の幸・不幸に関しては、騙されなくなる。内面の不幸は個人の問題だから、それはどのような人にも起き得るし、原因は境遇のせいだけではない。しかし人生は、豊かでも辛く、貧しくても辛いことを知るのだ。

その再会のシーンで見せたハロルドのしっかりした視線は、何を物語っていたか。もしかすると、すべてに換えて、自分が欲したものは、自由でした、という確認だったのではないか。片や最高の栄誉と権力と贅沢を持ち続けている。しかし片や人生の最低まで落ちてしまった。アル中で無職。金も、住む所もなく、家族にも捨てられた。しかし彼は、今こそ途方もなく自由で、しかもしっかりと人生を見る眼を持っている、と感じたかもしれない。

チャールズが、この落ちぶれた友人と交遊関係を取り戻すということは恐らくない

のだろうが、少なくともその数分間の出会いの中では、二人は恐ろしく自然だったようである。それが年月を経た人間のすばらしさなのである。

彼らのどちらの生活にも、彼らが選んだ世界なりの地獄があることが、ハロルドにも、もしかするとチャールズにも、わかっていたであろう。

今初めて、彼ら二人は、平等の人間になった、のかもしれない。社会的な地位としては、まだ月とすっぽんのままだが、そのような単純な世俗の比較を超えて、二人は二人共、現世で、既に地獄と、そして時には天国をも見ることができたはずだ。そしてその天国と地獄は、王の権限をもってしても、作家の才能をもってしても、どうしても防ぐことはできなかった宿命的なものであった。

しかしその地獄は意味のある地獄でもあり得た。そこからもう一度、彼らはこの世を見直すことは可能であった。その振り返りざまの眼に見えるものこそ、実はほんとうの人生だとも言える。もはや二人は、誰かを羨《うらや》んだり、優越感を覚えたりする必要もない。誰かを見下げたり、同情することもなかった。どこにも地獄と天国があることを、二人は既に知って当然であった。

その時、初めて人は平静になれる。「偉い人」の前で上がったり、汚い服を着た人の前で威張ったりすることもない。人はどのようであろうとただ、限りなく人なのである。

しいて多言を弄《ろう》すれば、こういうことになる。それを漠然と感じていたからこそ、この二人の邂逅は新聞種になったのである。

価値観の交差点

——体力の線が下降、精神の線は上昇——

中年以後の人間の体は、中古車とよく似ている。もちろんしっかりとできた国産車はタクシーで使っても五十万キロは大した故障なく走るというから、戦後の貧困や食糧不足から解き放たれ、栄養満点で育った中年は、五十万キロを走ることのできる中古車なみの優れものだろう。

しかし中年以後、年々、体が中古車風になることはどうしても避けられない変化である。

五十歳を目の前にした頃、私は一時眼を悪くして作家活動もやめなければならないか、と思った時期があった。もちろん加齢によってこういう不都合は起こるのである。

しかし私は幸運だったので、手術はうまく行き、生まれつき強度の近視だったにもかかわらず、生まれてこのかたかつてないほどの視力が出るようになった。その頃のことである。

私は一人の世界的に有名な科学者とお喋りをする機会があった。その方も、私がむずかしい手術を乗り切ったことを親身になって喜んでくださった友人の一人だったが、私たちの間で交わされた会話は、一ひねりした実にケッサクな表現になっていた。

「ソノさんのような眼は、もし動物だったら、もう餌になる獲物を捕れなくなるから、自然に淘汰されていたはずなんですよ。だけど、人間はそれを治しちゃうんだから……」

つまりもし私がライオンだったら、私はとっくに飢え死にしていたはずだ、ということだ。しかし私は幸運にも人間だったので、最先端の医療を受けて、裸眼で一・二まで見えるようになった。こういう能力の付け方は、サイボーグ的と言っていいのだろうか。私自身考えてみても少しインチキという気はする。

ところが数週間か数カ月かの後に、私はこの大学者に反論することができるような事実を手に入れたのである。この方は、歯が弱くて、口の中に義歯というサイボーグをお持ちだということがわかったのである。

視力がなくて餌を捕れないのが生きる資格がないなら、歯がなくて嚙めなくったって死ぬゾ、と私は鬼の首でも取ったような気持ちだった。お互いにいい歳をして大人気ない応酬をして私たちはさんざん笑ったものであった。こうしてお互いの肉体的な弱点をあげつらって笑えるようになるということは、すばらしい信頼と魂の自由があるということだ。口は悪くても、二人共、お互いが現代の科学的な恩恵の先端技術を受けられたことを深く感謝し、相手の健康や幸福を祝福し合えたのである。

中年になると、誰もがどこか中古車かサイボーグ的になる。眼のいい人も眼鏡をかける。私なんか小学生の時から眼鏡をかけていたのだから、老眼になって眼鏡がないと浴室の中でシャンプーかリンスか区別ができない、と言って怒っている友だちなど見るとてんで同情をする気にならない。

もちろん稀には、中年になっても、どこも悪くない、病気とは縁がない、と言う人もいる。しかし実はそんな状態が続くという保証などどこにもない。物質は使えば必ず古くなってもろくなる。金属さえも「金属疲労」を起こすのだ。

私の友人は、或る日押入の整理をしていて、古いワンピースを見つけた。まだ着られるだろうか、と思って袖を通そうとしたが、昔の流行は袖ぐりがひどく小さかった。きついなあ、と思って脇の下を触った時、そこに異常なしこりを見つけた。乳癌発見の瞬間である。

この人はもともと大変健康で、気持ちも健やかで明るい人だったので、手術を受けるというご難はあったが、それ以来ますます元気である。片方のおっぱいを取ったのに、なぜか手術後も同じ体重だった、というので、私たちは皆「どうしてよ。そんなおかしな算数はないじゃないの」と彼女を笑いものにして同情がなかった。

この人も厳密に暗く考えれば、片方の乳房になったのだから、五体満足とは言えない。しかし彼女はますます元気で輝いている。

六十五歳の時、私は脚を折った。折った瞬間、骨の折れる音が聞こえたほど、ひどい折り方だった。足元を見ると、足の向きがまるっきり変わっているのが見えて、ちょっとぞっとした。二本の骨は縦折れと横折れで、踵の骨も脱臼し、ドクターは「派手にやりましたなぁ」と感想を洩らした。ケンカじゃないのに失礼な、である。

夫はこの怪我では多分元通りには戻らないだろうな、と思ったと言う。まあ、ステッキでもついて歩けるようになれば上々、と予想していた。これは、当たっていたようでもあり、当たっていなかったとも言えた。私は一応どこでもさっさと歩けるようにはなった。骨が大変硬かったので手術の上がりもよかったのである。しかし今でも、筋の一、二本が切れたままだという感じは残っている。

私の子供の頃、犬はその辺に放し飼いだった。当然ノラ犬も目脂《めやに》をつけたまま痩せ細って、俯いて地面を嗅ぎながら歩き廻っていた。ノラ犬は病気が多かった。皮膚病でびっこも片目もいた。それを見る度に、私は彼らも苦労して生きているんだろうなあ、と同情した。ことに動物は口がきけないだけにいっそう哀れであった。私の眼も生まれつき視力が弱かった。しかし手術で見えるようになった。脚を折ってもノラ犬ではなかったから、ちゃんと継いでもらえた。

中年以後は誰でも、どこか五体満足ではなくなるのだ。その運命を私たちは肝に銘じて受け入れるべきなのである。一見健康そうに見えても、糖尿だ、高血圧だ、緑内障だ、痛風だ、神経痛だ、難聴だ、という人はその辺にいくらでもいる。

病気が治りにくくなるということは、死に向いていることだ。それは悲しい残酷なことかもしれないが、誰の上にも一様に見舞う公平な運命である。

しかしその時初めて人間はわかるのだ。歩けることは何とすばらしいか。自分で食べ、排泄できるというのは、何と偉大なことか。更にまだ頭がしっかりしていて多少哲学的なことも考えられるというのは、もしかすると一億円の宝籤を当てたのにも匹敵する僥倖なのかもしれない。こういうことは中年以前には決して考えないことだった。歩けて当たり前。走れる？　それがどうした。オリンピック選手に比べれば、俺は亀みたいにのろい。ほとんどの人に感謝がないのである。

病気や体力の衰えが望ましいものであるわけはない。しかし突然病気に襲われて、自分の前に時には死に繋がるような壁が現れた時、多くの人は初めて肉体の消滅への道と引換えに魂の完成に向かうのである。

体力の線が下降し、精神の線は上昇する。その線はどこかでぶつかる。その交差点を見るのが、中年以後である。

二十五年前から、私は海外邦人宣教者活動援助後援会というNGOのグループを作って、その名前の通り、海外で働く日本人の神父と修道女を経済的に支援する仕事に働くようになった。彼らは家庭を持っていないから、自分の贅沢や安楽のためにお金を遣い込むということがほとんどあり得ない。私たちが送るお金はほとんど洩れなく有効に使われている。

私たちは未知の人から、時々途方もないお金を受けるようになった。嘘のような本当の話である。

普通郵便の封筒に七十五枚の一万円札がきちっと手紙もなしに入っていたこともある。差出人の住所も氏名もわかっているが、どうしてこの百万円をくださったのか、何も記されていないことも一度や二度ではない。四百五十三万円の遺産を頂いたこともある。先日は千六百万円を突然銀行の債券で送って来た人がいた。いささかの事情は告げられている。しかし個々のこうした人々が、なぜ驚くような高額のお金を寄付してくれるのか、その背後の事情は私たちには知る由もない。しかし恐らくそうした人々は中年以後にしかあり得ない考え方の変化によって、お金の使い道に関する好みが大きく変わったのである。

若い時には、お金が何より大切である。就職、結婚、子育て、教育、家造り、すべてにお金がかかる。お金はいくらあっても、余るということはない。しかし中年以後の或る時から、お金はいくら持っていても、ほとんど人生の根本的な解決にはならないことを知るのである。

もちろん俗物の私は、その前に充分にお金が救ってくれる運命もあることを知っている、と言わねばならない。しかしたとえば親に金があれば、息子や娘が親を大切にするとは限らない。親からしてもらったことには、ほとんど感謝を持たない子供というものも世間にはいくらでもいる。すると、あんな息子や娘に金などやりたくない、という気持ちになって、それならアフリカでミルクもなく死にかかっている子供の命を救ってやることに使ってほしい、と考えるようになるのであろう。

ほんとうに信じられない不思議さであり、おもしろさである。私たちは愛が人を救うことはよくわかっていた。しかし時には憎しみさえも、人を救うのだということは、中年にならねばわからなかった。

くだらない言い訳かもしれないが、私も、私たちのグループも、よその家庭の不和につけこんでお金をもらおうなどと考えたことはない。子供さんのないご夫婦から、遺言状の中に、私たちのグループへの寄付をするという内容を書いておきます、と言われた時も、どうぞ何度もゆっくりお考えになってください。いったんお書きくださってもまた他にあげたい方が出られたような場合は、すぐに内容を変えてください、と言ったこともある。

あれほど執着したお金にさえ、大して意味を認められなくなる人が出る、というのが中年以後なのだ。もちろんこんなことを言えば、今、会社の不景気や不動産の値下がりで、家のローンに困っている人からは、「たわけたことを言うな。今、金さえあれば、僕の苦労はすべて解決するんだ」と叱られそうなこともわかっている。しかし現実にはさまざまな人と心があるのである。

人の価値観は、時間と共に大きな変わり方をする。

若い時に、大変おしゃれな、夫婦共に美男美女だった人がいた。奥さんはブラウス一枚、ハンドバッグ一つでも、どこであんなすてきなものを見つけるのかしら、と思うほど趣味のいいものを身につけていた。当時この夫妻に旅先で会ったことがある。二人は同じ焦げ茶色でコーディネイトされた服を着ていた。だから並んで歩いていても絵になる。一方私たち夫婦は共稼ぎで忙しく暮らしていた。私は夫がどんな服をカバンに入れたか見てもいない。つまり妻らしく夫の旅仕度の世話などしていられなかったのである。めいめいが慌ただしく着替えを詰め込んでホテルで服を出して見たら、片方は紺系、片方は茶系でめちゃくちゃな色であった。

この素敵な夫婦のことがこの間話に出た。私が直接会ったわけではないが、このスタイルのいい洒落た奥さんが、最近スーツにスニーカーをはいて歩いているのに出会ったというのだ。その前に彼女は脚を折り、それ以来踵《かかと》の高い靴をはくのが怖くなった。

私くらいの歳になると、骨はもろく、転び易くもなっている。骨折して寝込んだら、それがボケを誘発するきっかけにもなる。

健康以外に求めるものはない。健康を保てるような状況だけがたまらなく美しく見えて来る。あのすてきな奥さんは、そのことに賢く気がついて、さっさと生活の意識を替えたのだ。そして美男のご主人も、夫婦は外見ではなく、心で深く結びついていることを知っているから、妻が安全なように、妻が健康なように、妻が長生きしてくれるように、ということしか願わなくなったのだろう。人間は中年以後の、肉体の衰えと共に、生の本質を見つける才能を得るのである。

禁欲と享楽

——組織を愛するなんて幼稚な感情——

現代人が、寿命に対して甘い気分を持ち始めたということは紛れもない事実である。昔は「敦盛《あつもり》」にあるように「人間五十年、下天《げてん》の内をくらぶれば、夢幻《まぼろし》のごとくなり」というのが実感であった。五十年も生きられるのがむしろ例外であった。

昭和二十年（一九四五年）、終戦の年の平均年齢というものを、私の夫は記録しているという。それによると、女性の平均年齢は四十代、男性は二十代だったという。男たちは戦場へ行き、つまり若く死んだのであった。二十代で死んだ男たちから比べると、四十代まで生きられた女たちは、幸運というかしぶといというか、幸福な存在に見えたろう。夫はその時十九歳で、既に二カ月だけ兵士としての体験をしていた。

もし現代のような医療がなかったら、私もまた間違いなく今の年まで生きていることはなかった、と思う。私は盲腸を患った。一年に何度も喉が悪くなって、抗生物質を飲まないとなかなか治らない。そういうことを生涯に何十度、いや、何百度と繰り返しているわけだから、薬がなければ回復不可能という事態が出てきていたはずだ。

モーツァルトが三十五歳、バイロンが三十六歳、太宰が四十歳、芥川が三十六歳で死んだというと、大抵の現代っ子は驚く。ことに日本の作家の場合は、あんな難しい漢字を書けた人がまだ、三、四十代だったんですか、というわけだ。

こういう歴史を考えると、今の中年以後というのは、化石みたいな存在なのである。五十歳でまだ働いているなどということは、昔は農業とか豆腐の製造業とか宮大工とか自営業ででもない限りあり得なかったのだ。四十代でもう老人、五十代は完全な隠居である。六十歳、七十歳で生きているひとがいるなんてとうてい信じられなかったろう。

だから現在のほとんどの中年は、昔の人からみたら余生である。戦争へ行って、友達が戦死して自分は生き残った人も、すべて今日生きてあることを余生と思っている。戦後生まれでも、大病をしたり、大きな事故に遭ったりしている人も、その後の生は余生だと感じている。この感覚が実に大切なのである。

若い時には、すべて人生のことはよくわからない、ということは以前にも書いたと思う。文学なんぞ特殊な早熟な作家でもない限り、二十代ではとうてい理解することはできない。学問の意味もほとんどしみ通らない。人間、ほんとうは四十代以後くらいに、行きたい人だけ高校や大学に行くべきだ、と思う時もあるが、これは音楽や体育や自然科学系の学問の、特にプロになる人のことを考えたら遅すぎるだろう。

中年になって初めて人間はほんとうに欲しいものがわかる。自発的に何かをしようとする。若い時には、自発的に選ぶなどという高級なことはとてもできない。すべて時間稼ぎのモラトリアムである。何になりたいのか、何になれるのか、どちらもわからないから、取りあえずちょっとしてみたいと思うことを学んでおいて、それで食おう、という程度のいい加減な選択である。

しかし余生の眼はしっかりしていて、はっきりと欲しいものを選べる。中年以後は、誰でも少しは余生的な眼を持つべきだし、また持てるはずなのである。なぜなら、三十まで、或いは四十まで生きなかった不幸な人も自分の周囲にはいるのに、自分は幸運にもそれらの輝かしい日々を無事に生きたのだから、文句を言える筋合いにはないことが、凡庸な感覚でも納得できるからだ。

余生というものを少しでもわかる年になって、初めて自分の眼もしっかりと落ちついてあたりを見回せるのである。もしその人が、実際の視力ではなく、洞察力においていい視力を持っているなら、四十、五十くらいになるまでに、人生の天国も地獄も一応は「取り揃えて」見た、という実感を持っているはずだ。幼時に既に地獄を見たと思った人もいるだろうが、地獄も天国も長く続くものではない。するとまた、違う地獄と違う天国が見えてくることになる。だから退屈することもなければ、結論が出ることもない。

余生の感覚ができると、あまりむきにならない。人間努力しても、思う通りにはならないことも知るようになっている。少しさぼっていても思いがけず幸運が転がりこむ狡《ずる》さを知るようになる。人があなたの才能です、あなたの功績です、と言ってくれても、内実はずいぶんいい加減な運でそうなったこともあるのだ。それらをすべて自覚している。

そう思えると、人に誤解されても、褒《ほ》められても、貶《けな》されても、あまりむきにならない。もともと、人に正確に理解されることなど、あり得ないのだ、としみじみ思えるような年にもなっているのである。

中年以後になって会社を愛するなどということは、私に言わせれば幼稚な感情だという気もする。うっかり組織を愛したりすると、人事に手を出したり口を出したり、大蔵省と結んで会社の得になることをしようと企んだりしてろくなことにならない。

私は二年前、日本財団という組織で働くことになった時、幾つかのつまらない決心をしたが、その一つは決して財団を愛さない、ということだった。自分の関係した組織を深く愛すると、必ず権力を持ちたがり、人事に口を出し、組織の力を身辺の人に及ぼそうとする。私はそれらをすべてやめることにした。今でも財団で拒否権は時々使うことがあるが、知人の持って来た案件だから取ってください、ということだけは言ったことがない。だから、私にものを頼んでも全く無駄である。

一度私の知人が日本財団への就職を希望して受験したこともあった。筆記試験は、第三者が採点して結果を出して来るのだから、私の出る幕ではない。自分の知人の場合は、私は面接試験にも出ないというルールを作っていた。私なしで行われた面接試験で、その知人は落ちた。だから私は就職を頼まれても無力なのである。

その代わり、私は契約を重んじることにした。私は或る一定の期間、日本財団で働くことを承知した。その間、私は職場で、私なりに考えたまともな方向に、船長として舵を取ることに怠惰であってはならない。

しかし船長は任を解かれてその船を下りた瞬間から、その船に関する一切の責任もなくなる。その船が次の航海でどこに向かおうが、どういう嵐に遭おうが、どういう操船の仕方をしようが、どこでどんな積み荷を積もうが、一切関係ないのである。深く船を愛していない場合のみ、この感覚が持てる。契約とは、そういうものだと私は思う。船長が下船の日に寂しくなるようではいけない。下船の日は、任務を果たした実感で満たされ、自由の予感に輝き、船の将来には或る程度冷酷で、何より限りなく解放されて爽やかであるべきだ、と思うのである。

中年以後は、引き時を常に頭に入れて生きるべき時なのだろうか。いつまでもそこにしがみついていて、公害ならぬ後害を及ぼしてはならない。それがいわば余生の眼である。

余生によくついて廻るのが、出家の欲望である。平たく言えば、現世の抗争の図式にうんざりすると、そういう生き方があることをふと思うのである。

私は幼稚園の時に、カトリックの修道院の経営する学校に入った。先生は修道女たちである。家が貧しくて修道院に入ったという人ももちろんいないわけではないが、多くは別に生活に困る家庭の娘たちではなかった。それどころか、戦前の日本まで宣教の目的を持って来るような意志の堅固な使命感に溢れた外国人修道女の中には、戦前の貴族階級の家に生まれた娘たちも少なくはなかった。

当時、私の同級生の三分の一くらいは、修道生活に憧れてシスターになりたがった。

つまり憧れられるに値する立派な修道女たちが多かったということだ。それにもかかわらず、私は修道生活なんてまっぴらだと思っていた。私は世間が見たかった。それに一番はっきりした理由はこの上なくくだらないものだった。私は何よりも寒がりで冷え性だったので、冬湯たんぽもなく、冷たいベッドに寝る暮らしなんてとうてい続きっこない、とわかっていたのである。

しかし私は、年をとってから、急に修道院の生活に入りたいと思うことがあるようになった。これはむしろ凡庸な心の傾きなのだと思う。殊に私は、四十九歳の時にちょっとややこしい眼の病気をして、得るはずのなかった視力を得た後は、さらに強く隠遁の生活をしたい、と思うようになった。

ところが、これも口にするのさえ恥ずかしい話だった。私は自分が静かで、温厚で、慎ましい女ではないことをさすがに知っている。一方で私はカトリックの修道院という所もよく知っていた。それは、自分を捨てる場所であった。私は今まで自我を張るだけでやって来たのだから、自分の生き方を百八十度変える必要があった。

今は時代も違うが、昔の修道院には、凄まじい逸話が色々残っている。もしご興味のある方は、私の『不在の部屋』（文藝春秋）という作品を読んで頂ければ、そのほとんどが書いてある。

たとえば毛布を日に干しているような時に夕立が降って来たとする。普通なら私たちは走って行って、濡れる前に気をきかして毛布を取り入れるものだ。しかし修道院というところは、院長の命令がない限り、それをしないように命じられていたのである。それは徹底して、自分の浅はかな知恵に頼ることを排除するためであった。

もう一つ好きな話は、修道院の中では一つの職場で長く働かせない、という制度である。仮に一人のシスターが洗濯室の係になると、その職場は、馴れるか馴れないうちに替えられてしまう。長くそこで働くと「愛着」ができる。そこを働きいいようにしたり、花を飾ったり、自分だけの記録のつけ方をしたりして、部分的な私物化が行われる。

修道院では、現世の何ものにも深く執着してはいけないのだ。いかなる形ででも、神以外のもの、自分の才能や世間の評判、に頼ることがあってはならない。それを妨げるような行動をすべて取り去るのである。もっともこういう修道院の解釈は近年ではほとんど残っていないらしい。皆が自分の才能を生かし、自分の希望にしたがって生きるようになった。これがいいことなのか、悪いことなのか、私には何とも言えない。

しかし私は、自分がもし修道院に入るなら、今の時代でも文字通り世と自分を捨てるために入るのだと思っている。ところが私は多分生意気で態度が悪いから、どこの修道院でもまず受け入れてもらえないだろう。「入院お断り」である。どこかでお情けで入れてくれても、私は合理性などというくだらない美徳にまだ惹かれていて、小さなパンフレット一つ修道院が作ることになっても、すぐ自分の過去を思いだしてしゃしゃり出て「これは、あなた、こういう活字で、こういうページの作り方をすべきですよ」などと知ったかぶりで口を出すに違いないのである。或いは、もう書くこともやめたはずなのに、また密かにノートを出して来て『修道院日記』などをつけたりするような気もするから怖いのである。それでは、自分のすべてを捨てるのが修道院だという私の考える出家の生活にならない。

こういう話をしていたら、私より十五歳くらい年下の男友達が言った。

「ソノさん、出家なんかしない方がいいですよ」

「そうですね、私らしくないですものね」

「世を捨てたと言って、生臭い生活をなさるより、世俗の真っ只中にいて、静かな暮らしをされる方がいいんです。その方がずっと目立たなくて粋ですよ」

「エピクロスも同じようなことを言っていますね」

エピキュリアン=享楽主義者、の元祖と思われているエピクロスの著作を読んでみると、実に禁欲的なのに驚いたのも若い日であった。禁欲的なところがなければ、享楽主義もなり立たない、という簡単な関係さえ、若い時の私にはわかっていなかったのである。

この私の男友達というのは、昔僧籍にあった。禅宗の寺で修行した。「あんまり寺が寒かったので出て来ました」と笑っているが、もちろんそれだけではあるまい。深い教養のある人で、キリスト教の私と不思議なくらい話が合う。

俗世にいながら出家をするとどうなるのか。来る者は拒まず、去る者は追わず、与えられるものは感謝して受け、しかし与えられなくても文句を言わず、こちらが与えることのできる立場に置かれたら法外な幸運と思って感謝し、慎ましい生活を爽やかに思い、すべてのものの存在をどんなに小さなものでもいとおしみ、天地の美しさを思い切り賛美し、栄耀栄華を幻と思い眺め楽しみ、健康も病苦も人生の最後の彩りと思えることだろう。いつも言うことだが、これらのことは、才能や学歴にほとんど関係なく、どんな鈍才でも、この境地に達せられるはずなのだが、私にはなかなかむずかしい。

立ち去る年長者

——私も同じような罪を犯しました——

日曜日でも、私はよく教会をさぼるのだが、やはり行くといいことがあるとしみじみ思う。三月二十九日の日曜日には、ミサの時、次のような福音書が朗読されたのである。

「イエスはオリーブ山へ行かれた。朝早く、再び神殿の境内に入られると、民衆が皆、御自分のところにやって来たので、座って教え始められた。そこへ、律法学者たちやファリサイ派の人々が、姦通の現場で捕らえられた女を連れて来て、真ん中に立たせ、イエスに言った。

『先生、この女は姦通をしているときに捕まりました。こういう女は石で打ち殺せと、モーセは律法の中で命じています。ところで、あなたはどうお考えになりますか。』イエスを試して、訴える口実を得るために、こう言ったのである。イエスはかがみ込み、指で地面に何か書き始められた。しかし、彼らがしつこく問い続けるので、イエスは身を起こして言われた。『あなたたちの中で罪を犯したことのない者が、まず、この女に石を投げなさい。』そしてまた、身をかがめて地面に書き続けられた。これを聞いた者は、年長者から始まって、一人また一人と、立ち去ってしまい、イエスひとりと、真ん中にいた女が残った。イエスは、身を起こして言われた。『婦人よ、あの人たちはどこにいるのか。だれもあなたを罪に定めなかったのか。』女が、『主よ、だれも』と言うと、イエスは言われた。『わたしもあなたを罪に定めない。行きなさい。これからは、もう罪を犯してはならない。』」（ヨハネによる福音書　8・1〜11）

聖書の中には、聖人君子ばかりが登場すると思っている人ほど聖書を読んでいないわけなのだが、この場面はもっとも感動的な情景の一つとしてキリスト教圏の芸術に大きな影響を与えた逸話である。

律法学者というのは、当時のイスラエルでは、貧富、階級の差は一切なく、勉強さえすれば今日の日本で大学教授になれるのと同じようになることができた光栄ある地位である。彼らは心も知識も生活の片々も、聖書の教えから逸脱しないよう、かつその知識を深めるために全身全霊を捧げて生きていた。科学的関心などは彼らの中では、全く美徳でもなく関心の外にあった。彼らの目的は、全ユダヤの民を聖書の律法に従わせ、民族全体を真のユダヤ人にすることであった。

聖書の中では、しばしば律法学者たちがイエスの敵として登場する。それは彼らが律法を優先していたから、人への愛を優先するイエスの姿勢とは相いれなかったからなのだが、すべての律法学者がイエスの敵であったと断じてはいけない。

一方ファリサイ派というのは、律法を厳守し、「地の民」と呼ばれて不浄な人たちだと思われていた羊飼いなどとは、絶対に交わらない誓約をした人たちであった。

さてここには姦通を犯した女が登場する。今とは何という違いであろう。『失楽園』ってすてきだわ」などと言う時代ではなかったのである。姦通の女が現行犯で捉えられた時は、服の襟をつかんで立会い人の前に引きずって行き、死刑に処せられることが多かった。姦通の刑は、後には絞首刑になったというが、多くの場合はリンチのような形で石打の刑も行われたようである。

石打という処刑法は、殺人、背教、冒瀆《ぼうとく》、姦淫などの罪を犯した者に適用されたというが、受刑者は町の外に連れ出され、衣服を剝《は》がれ、手を縛られ、第一の証人によって穴の中に大きな石で打ち落とされる。それでも死なない時には、第二の証人が、罪人の頭と胸めがけて大きな石を投げて死に至らせる。受刑者が死ぬまで、周囲の人達が憎しみにまかせて石を投げつけることもあったらしい。そして罪人が息絶えると埋葬が行われ、投げられた石がその場所に目印として置かれた、と言う。

イエスが、律法学者やファリサイ派の人たちに、何を試されたのかは後で書くが、イエスは彼らに姦通の女をどう扱ったらいいか、と聞かれた時、「あなたたちの中で罪を犯したことのない者が、まず、この女に石を投げなさい」と答える。

そう答えただけでイエスは沈黙する。人々はその答えの意味を考え続ける。そして結果としては「年長者から」一人また一人と、その場から立ち去るのである。私が今まで何十度となく聖書を読んでいて、その日曜日に初めて気がついたのは、この「年長者から」という一言だったのである。

この場面の説明を行うのは蛇足という気もするが、キリスト教的なものの考え方に馴れていない人たちのために敢えて少し解説をすることにしよう。

よくキリスト教徒になると、何も悪いことをしないわけだから、人を厳しく裁くのでしょうね、という人がいる。しかしイエスはほんとうの裁きは神に委ねることを命じる。さらにキリスト教は性善説ではなく、性悪説である。作家の非常に多くが、キリスト教徒になるのは、人間観察をやり続けていれば、性善説の方がむしろ不自然で人間性に到達できない、ということを悟るからであろう。キリスト教は人間が放っておけば、悪い方に傾きがちなことを、よくよく知っているのである。

洗礼を受けると、それまでの罪が許されるということになっている。便利なことだ。それで洗礼の前夜に「今夜のうちに悪いことをしておかなきゃね」などという冗談が言い交わされることがある。そしてまた死の直前に洗礼を受ける人に対しては、愛情をこめて「天国泥棒」などという表現が使われることもある。

洗礼を受ける直前に、告解の仕方というものを習う。告解というのは、司祭に罪の告白をすることである。洗礼を受けて罪が許され、その後もキリスト教徒だからずっと悪いことをしないでいられるのなら、何も告解の仕方など教えてもらわなくてもいいはずだ。しかし教会は、人間は弱いものだから、洗礼を受けたその日にももう悪いことをするだろうということをちゃんと見抜いているのである。

日本の日教組の教師たちは、人のために自分の命を捧げるなどということは、戦争に繋がり、人権を失うことだ、と教えたが、キリスト教はその間にも「友のために自分の命を捨てること、これ以上に大きな愛はない」（ヨハネによる福音書 15・13）と教え続けた。そして歴史的過去だけでなく、今でもこの信仰と美学のために、時々他人のために進んで自分の命を捧げる人が現れる。それほどの偉大な善さえも人間はできるという可能性を認めた上での「性悪説」なのである。

これに対して昔から、日本人の多くは性善説であった。性善説を取る方が、自分をいい人に見せられるからだったろうか。警察や自衛隊の中にも性善説の人がいるので、驚いたことがある。こういう人は職業を間違ったのだと思う。「悪い人ができたら、更生するのを信じてあげればいいじゃないの」などとしたり顔で言われるが、信じれば皆更生するなら、こんな楽な話はない。人は（もちろん私も）放っておけば悪に傾く性向を持っているはずだから、その上に立って、どうしたらできる限りいい人になれるかを考えてこそ、初めて更生を可能にできるのである。この「策略」がなければ、自衛官も警察官も勤まらない。

また或る地方で会った三十代の公務員は、「僕は罪って犯したことがあるかなあ」と実際に言ったので、その時もほんとうにびっくりした。それから二十五年以上経ってもまだ覚えているくらいである。三十代にもなれば、たいていの自分の卑怯さ、愚かしさ、恐ろしさなどというものに嫌でも直面しているはずなのだが、悪の意識もなくその年まで育ったという人に、まさか「あなたも悪いことをしているはずでしょう」というわけにもいかないから、まあそれとなく、にっこりして遠ざかる他はない、という感じであった。

この場に登場するユダヤ人たちは立派である。年長者ほど、自分が過去にどれだけの罪を犯して来たかを覚えていた。この女だけが大きな罪を犯したのではない、と認識することが可能だった。罪は罪の意識を持った時に浄化の方向に向かう。彼らは黙って一人また一人とその場を去る。だれも彼女に石を投げる者はなくなったのである。まさに、聖人君子ではなく、罪を犯す弱い人物たちが主役だという聖書のテーマの真髄を示す場面である。

若い時には、なかなか自分の恥をさらりと言えない。自分の失敗も、親の職業も、家に金がないことも、兄弟に困った男がいることも、今苦しんでいる病気もすべて隠さなくては、と思う。しかし中年になれば、世界中の人は、多分自分と同じようなものだ、と思うことができるようになっている。若い時に試験に落ちて自暴自棄になったことも、ちょっと法律に触れるような行為をして生きて来たことも、女を棄てたことも、金を踏み倒したことも、何もかも笑って言える。かつて此の世になかった罪などというものはないのだ。私たちは凡庸な悪しか行うことができない。

それらの欠点や失敗を、笑って言えるだけではない。それが寛大さと人を許すことに繋がる。今の日本人は、人を責めることと、自分はいい人間です、という大合唱をすることは大好きで上手である。どういいことをしたかと言うと、環境問題に関心がある、ゴミを出さないように心掛けている、原発反対運動に加わっている、不平等をなくすための署名をした、ボランティア活動をしている、少額だが難民のための募金に寄付をした、という程度である。しかし実際に私たちは、自分の懐がほんとうに痛むような、或いはそのことで身に危険が及ぶようなことは何一つしていないのが普通なのである。

自分がいい人だということを信じていられるのは、精神の形態としては、よく言えば若いのだが、悪く言えば幼稚なのである。

その反対に、私たちは人がする程度の悪いことなら簡単にできる。道に一万円札が落ちていると、できることなら届けずに着服したいという気分を一瞬でも持ったことのない人の方が少ないだろう、と私は思う。浮気、脱税などできればしたいとほとんどの人が思うし、一生で激しく憎んだ相手に対して一瞬にせよ殺意を覚えたことのある人もそれほど珍しいわけではない。

聖書は、ありのままの自分を認識する勇気を高く評価する。それは人間性の成熟がなければできうることではない。年長者、中年にならなければ、「私も同じようなことをしましたな」「私もそうしたでしょうね」とさらりと言えないのである。

聖書に登場する人たちが、どういう形でイエスを試して訴える口実を捜そうとしていたかと言うと、もしイエスが女はその罪の故に死刑になるべきだと言えば、イエスはその愛と憐れみの姿勢を失うことになる。第一その頃、死刑を実行することはローマ法と抵触することであった。死刑を宣告し執行する権限はユダヤ人にはなかったからである。もしイエスが女は許されるべきだ、と言えば、それはユダヤ人の心の中心にあるモーセの律法を頭から否定し、姦淫を勧め、不義に対して寛容であることを容認することになる。

イエスは、彼らが仕掛けた罠にかからなかった。むしろ彼らの仕掛けた網が、彼ら自身に跳ね返って行くように仕向けた。

女とイエスだけがそこに残った時のことを、アウグスチヌスは次のように描いているという。「そこには堪えがたい苦悶（ミセリア）と深い同情（ミセリコルディア）が残った」

女は悔悟していた。そしてイエスは深い同情を抱いていた。いずれにせよ、この物語を陰影深く動かしたのは、年長者と中年なのである。

風の中の一本の老木

——末席の楽しさを知る——

よく新しく建てられたいわゆる豪邸の前などを通ると、私たちの心が無意識のうちに「ああ、この人は、よく働いて一代でこういうお金のかかった家を作ったんだろうな。努力家で盛大なことの好きな人なんだろうな」と思うことがある。

私は独り娘で、本来なら、親から財産らしいものを独りでもらってもよかったのだが、私の両親は仲の悪い夫婦で、高齢になってから離婚し、父は再婚もしたので、私は少しも喧嘩やいさかいをせず、親の財産を一円ももらわずに済んだ。

そういう事情があったので、私は夫婦で一から生活を築いて行く経過を、よくよく体験できたのである。

私は人間が何歳くらいまで、生活を拡張するために努力し続けるものなのかよくわからない。子供の時には、もっぱら運動能力、知識、交遊関係、の拡張が旺盛に行われる。たしかに人間の生活にとっては、一時期、拡張が必要なのだ。

趣味的な面もある。子供が小さいうちは、食器は割れずに数だけあればよかった。しかしそのうちにせめてもう少し美味しそうな湯飲みでお茶を飲みたくなる。私はスタイルが悪くて、若いうちからでもジーパンなどきれいにはきこなせなかったが、普通の娘たちは若さだけで、どんな質素な服でもきれいに見える。しかしそのうちに多くの人が中年太りになったり、体の線も崩れてくるからスタイルを他の要素でカバーしたくなる。以前より仕立てのいいかちっとした上質なスーツが要る、と感じるようになるのである。

冠婚葬祭に出るチャンスも増えれば、それにふさわしい服装も整えなくては相手方に失礼という俗世の約束事にも縛られる。若い時にはおもちゃのような民芸風の指輪一つあればしゃれて見えていたのだが、中年になれば贅沢なレストランの食事に誘われたような時に、真珠の指輪一つくらいは持っていないと、生活の滲み出たぶざまな剝《む》き出しの手のままでは、どうもみじめで恰好がつかないような気がして来る。

ほんとうはそれらのものがなくてはならない、と思うのは錯覚なのである。人間は上質の会話さえできれば、だれもばかにはしない。私たちが今必要と思っている品物の、九十パーセントはなくても生きて行けるものばかりだと思う。

しかしどうもそれだけの論理でも世間は通らない場合があるから厄介なのだ。たとえば私にしても、初めて人に会ったり、その家を訪ねたり、話が全く通じない外国人だったりすると、どうしても物質を通してその人を判断しがちになる。家にいい絵がかかっていたから教養のある人だろうと考えたり、地味な色合いだけれど恐ろしく仕立てのいいスーツを着ていたからあの人は慎み深い人だろうと思いそうになるのである。

そこで特別に抜きんでた強い性格の人は別として、平凡な私たちとしては中年の生活はもっぱら拡張の方向に向かうことになる。

オーディオやスキーやカメラに興味のある人は、毎年、新兵器と思われる機械を買いたくなる。家を建てれば家具や絵がないと完成しないと感じる。女房が料理やお茶を習いだすと、台所用具や皿小鉢、茶の湯の道具からお茶会に着て行く着物まで際限なく欲しくなる。それも、初めは「そこそこのものでいいわ」と言っていたのが、次第に他人を圧倒するようないいものを手にいれようとする。

それが向上というものでもあろう。一九九八年の今年は、日本中が不景気で、減税をすれば購買力が増すだろうなどと、アメリカは考えている。しかしそれは、アメリカ人の考える経済の動向なのだ。日本人の心理の中には、倹約節約が美徳という観念がインプットされているから、少々の減税で浮いたお金は、危機感も相まって貯金に廻るだけだろうと思う。日本人の向上は、倹約をも含んでかなり計画的なのである。

中年の或る時までは、確かに前進、向上、発展、拡大の時なのである。子供の体も大きくなるのだし、普通の性格の人なら交遊関係の範囲も広がる。そしてまた、そのような力がなければ、人間としての完成もないかもしれない。

作家の生活で考えると、三十代、四十代は多作を強いられるのが普通である。私なども執筆の他に、ルポルタージュとかインタビューとかテレビ出演とか、いろいろなことをやった。第一の理由としてはお金が欲しかったからであり、第二の理由としては好奇心が抑えがたかったからである。その当時の好奇心というものは、自分の能力などほとんど考えないという無謀さを持っているものだから、まさに「拡張」が行動の基本原理であった。

作家としての資質というものが何であるか、今でも私にはほとんどわからないのだが、多作に耐えるということもその一つかもしれない。多作そのものは大した意味がない場合が多い。しかし多作ということは、とにもかくにも書くことがある、ということだし、比較的楽々と書くことができる、ということとも関係している。書くことがないのに作家だと言っていることは気の毒だし、楽々と書くということは、苦渋の果てに、人にはよくわからない高級そうな未熟な文章を書く作家よりはるかに才能があるとみなしてもよさそうである。

深刻で高級そうな文章を書く作家ほど、自分のような複雑な内容を持つ作品には、それなりの複雑で難解な文章が必要なのだ、と言うものだ。しかしそれはその人の才能のなさを表しているに過ぎない。難解な文章に突き当たると、権威主義者や眼のない読者は簡単に恐れや尊敬を抱くのだが、私は若い時から「修練のできた作家というものは、どのような複雑な哲学や心理でも、楽々と、実に簡素な表現でそのことを言い得るものである」と教わったのである。つまり「秋の日は澄んでいる」と言うくらいのなにげなさで、どんな込み入った心理も思想も語れるというのがほんとうの力量なのである。小説では志賀直哉の短編を読めばそのことがよくわかる。

話を元に戻すと、若い時の多作という試練の時を過ぎた時あたりから、その人の作家としての個性と生き方が確実に見えて来る。これ以後は仕事の仕方の選択が問題になって来る。増えていけないというのでもなく、少なければいいというわけでもない。その人らしい自制の効いた、目的意識のはっきりした創作の姿勢が見えていれば、私などは文句なく圧倒されてしまう。

しかしその頃からそろそろ次の問題が始まるのだ。それは発展より、撤収がむずかしいということである。拡大するのは、私には大変なことだが、弾みがつけば割とうまく行くのかもしれない。

私は昔、伯母の世話で、私には家柄の上でも「過ぎたご縁」だという相手とお見合いをしたことがあった。相手も明るい性格だったし、彼の両親にも私は好意を持った。しかし私が決定的に、この縁談を断る決心をした理由は、その相手の家に連れて行かれて両親に挨拶をした時であった。その家は東京の一等地に、建坪だけで百二十坪くらいの大きなお屋敷を構えていた。後年私はなぜその玉の輿に乗らなかったかを話す時、「だって私には百二十坪のうちをきれいにして行く気力がなかったんだもの」と答える他はなかった。

敢えてジマン（?）をすれば、私はまだ二十歳くらいの時から、「盛大」や「発展」というものをすばらしいと思わずに、ただちにそれら華やかな運命に伴う苦悩や苦労を連想できる能力だけは持っていたということになる。家が広ければ、誰がその掃除をするか、という問題がついて廻るのだ。雇い人がたくさんいれば、誰がそれらの人たちを統括してきちんと働かせられるか、という苦労がつきまとう。

「エライ人」になれば行動の自由はＳＰに見張られ、秘密の悪事もできなくなる。

実に自由こそ最大の人間的な尊厳に基づいた幸福の出発点なのだが、それが叶えられていないエライ人はたくさんいて、自由がないほど自分は特殊な立場なのだ、と考えて自分を慰めているのである。

誰にもある、その人なりの最盛期に、「盛大」を上りつめた人も、いずれは程度の差こそあれ、中年以後のいつかには「撤収」と「収束」の方向に向かうことになる。実は、この時期をうまく過ごすのはかなりむずかしい仕事なのである。

ほんとうに体が弱ってもう働きたくない、という人は、収束やトーン・ダウンして行く生活も楽でいいと思えるだろう。しかし多くの人は、まだ一応の健康を保ち、まあまあの体力を温存しているから、自分の最盛期の記憶にしがみついて、自分はまだ同じくらいの活動はできるはずだ、と考える。或いは若い時に自分はひとかどの人物になるはずだと思っていた人だと、それが叶えられなかったことに怒りに近いものを感じたりする。

どうしてあれほどの偉い人が、地位にしがみつくんでしょう、と私が質問したら、いつか大変ウィッティな返事をくれた人がいた。それは、専属の運転手つきの車がなくなるから、それが辛いのだ、というのである。

「ほら、失脚というでしょう？　ほんとうに脚がなくなる感じがするらしいですよ」

だから人間は車なんかなくてもヘッチャラなように、中年から足を鍛えておかねばならないのだ。私の夫のように、役所に勤めていた時でも朝は電車で通い、今でも七キロ離れた渋谷駅まで、僅か百九十円の電車賃が惜しさに歩いてしまう方が無難なのである。

盛大に生きていた人が、意志の力で徐々に収束をなし遂げるということは一種の芸術だ、と私は思う。多くの人は、病気をすることで渋々収束へ向かう方向を容認する。高血圧になった。眼の病気をした。足が痛くて歩けなくなった。糖尿が出た。腰痛がなおらない。心臓の不調がある。どれもすぐには死なない病気だが、今までのようにひたすら盛大と発展に向かって邁進《まいしん》するのは、もう似つかわしくないということを知らされるのである。

人生の最後に、収束という過程を通ってこそ、人間は分を知るのだとこのごろ思うようになった。無理なく、みじめと思わずに、少しずつ自分が消える日のために、ことを準備するのである。成長が過程なら、この時期も立派な過程である。

余計なものはもう買わない。それどころか、できるだけあげるか捨てて、身軽になって置かねばならない。家族に残してやらねばならない特別の理由のある人は別として、家も自分が死んだ時にちょうど朽ちるか古くなるように計算できれば最上だ。

今まで何か催しがあれば、上席に据えられていた身分の人でも、職を引き、年をとれば、ただ年齢の上で労《いたわ》られるだけの人になる。最近の風潮では、高齢者だからと言って労ることさえせず無視されて末席に捨ておかれるかもしれない。しかしその時こそ、末席の楽しさを知るべきだ。末席が一番よくすべてが見える。聖書にも、末席に坐ることを勧めている部分がある。

今までの権力や実力の座から離れ、風の中の一本の老木のように、一人で悠々と立つことを覚えるべきなのだ。今までは、会社や組織という系列で守られた並木の一本であった。或いは文化財に指定されて皆が見物に来るような名木でありえた。そうでなくてもしっかりした木は、材木として価値はあったろう。しかし古い木は薪の値段になる。

はたの評価はどうでもいいのだ。きれいに戦線を撤収して、後は自分のしたいような時間の使い方をする。だれをも頼らず、過去を思わず、自足して静かに生きる。それができた人は、やはりひとかどの人物なのである。

いなくてもいい人、の幸福

――田園に帰ればいい――

年を経るごとに、人間は次第に自信を持ち始める、という経過を辿る。職人さんは当然だろう。弟子入りしたての頃は、何一つまともにできなかったことが、やがてまあまあ馴れて来る。そのうちに心理的な余裕も出て来る。手も自分の感情を伝えられるまでに自由に動くようになる。

私は小説を書き始めて四十年以上になる。ごく若い時からこの仕事を始めたので、さすがに書こうとする時、文章で悩むことはほとんどなくなった。一作一作、新しい文体や実験が必要だ、などという人もいるが、私は意図的に無理をしようとしたことがない。しようとしても、私にはできないし、そんなに踏ん張った表現を他人に見せるのは気が引ける。

ただその時のテーマに合った文章というものは、それほど意図しなくても自然に体がその文体を要求するのである。そのテーマに合った文体は、温度と湿度と速度と重さの微妙な関係で設定されるように思う。その四つの要素の決まるまでが、作品を書き始める時の辛さである。

しかし一般的に言って自分の職業に関していささか自信を持つことは少しも悪いことではない。そうでないと弱い人間の性格では続かないのである。自信は錯覚と思いながら、時々は利用することもいいのである。ただそこに安定すると、人間は時々間違った考えに固執することになる。自分がそのポストでなくてはならない人であり、自分がいないとさだめし世間は困るだろう、と思うようになる。

昔、私たちの知人に、放送の世界で働いていた人がいた。今でもマスメディアの世界は、厳しいものだが、テレビというものが始まった頃は、誰もが前人未到の仕事を始めたのだから、そのストレスも大きかったはずだ。

その人は、放送局で昼も夜も働いた。まだ戦後まもなくで民放の組織も新しいものだったし、先輩というものがいない世代だから、何でも自分でやらなければならない。重圧がどっしりと彼の背にのしかかっていた。

そんな或る日、その人は職場で突然倒れた。意識を失ったのである。担ぎこまれた病院で、彼は数日後に意識を取り戻した。

この人は今も健康なところをみると、その時の病気は、根が深いものではなく、疲労の極ということだったのではないかと思う。意識を失うほどの病気というと、普通なら重篤なものが多いから、一過性のものだったのは奇蹟的だ、と私たちは今でも喜んでいる。

意識が戻った時、何日が経過したのか、彼はよく理解していなかった。ただ彼が真先に考えたことは「しまった、作業の途中だったあの番組はどうなったろう」ということだったという。

途方もない無責任なことをしてしまった。病気だったとはいえ、仕事を完全に途中で放棄したのだから、どういう恐ろしいことになっていたのだろう。

しかし聞いてみると、放送に穴が開いたということもないらしい。当時は「生放送」もけっこう多かった時代だと思うけれど、それでも彼の不在によってひどい質の低下が起き、視聴者から非難の投書が殺到したということもないらしい。

まだ若かったその人は、そこで一つの発見をした。自分がいなくても、地球は動くのだ、会社は続くのだ、ということである。

自分がいなくては仕事が遅滞するだろう、と心配することは、若い時にはいいことだ、と私は思う。それくらいの責任感がなければ、いつまで経っても一人前になれない。しかしどんなに一人前になっても、これは真実ではないのである。

中年以後、多くの人たちはますます自分が組織の中心にいる、と思うようになる。事実、年を取ると共に、人はその部の責任者になり、会社を代表する立場の一人になり、村を運営するさまざまな組織の顔役になる。その中には、実際に「余人をもって換えがたい」特殊な技能、知識、人脈の中心にいることになる人も出て来る。

自信を持つのはいいのだ。しかし人間の意識は常に分裂する必要がある。自信を持ちつつ、世間の一切のことは、流動的だ、という自覚を持つことが必要なのである。自信を持ちつつ、自信を持たないことが重要だ、などというのはむずかしいことかもしれない。しかし人生も人も風のように過ぎ去るものなのである。

ケネディ大統領が、暗殺された事件はいまだについ数年前のことのように私の記憶にも残っている。ケネディは、大統領としてもスター的な存在であった。その人が突然失われたら、アメリカという国家の舵取りは誰がやるのだろう、と一瞬思ったのである。

暗殺の後、大統領の遺体を乗せた専用機はそのままワシントンへ向けて飛び立った。

夫人はまだ血染めの服を着たままだった。その飛行機の中で、ジョンソン副大統領は、大統領に就任するための宣誓をした。

誰がいなくても、世界は着実に動いて行くのである。中年以後に意識すべきことは、自分がいなくても誰も困らない、という現実を認識することである。自分がいなくていいなんて情ない、というかもしれないが、誰がいなくてもこの世はちゃんと運営されるから、私たちは基本的な安心を確保されている。

自分がいなくなって困るのは、自分だけなのだ、と言ったら漫画チックになる。もちろん残された家族は淋しいだろう、と思う。いい妻、優しい夫なら、いなくなった時の欠落の感覚はあまりにも大きくて救いようがない。しかしそうでなくても、その人が亡くなった時や親族会社のポストを離れた時に、最も深く喪失の感情を持つのは、やはり家族だけなのである。

よく作家が断筆宣言をする。いずれもマスコミの言論の弾圧に遇った場合である。私もこの原稿を書いているつい数日前に、「サンデー毎日」の連載を止めることになった。いつも理由は同じ「差別語」ないしは被差別部落の問題である。

今度も私は、差別をしようとか、差別はするべきだと言ったのではない。「東京には（問題にするほど）部落問題がない」ということと「ない所には教育しないでほしい」と言ったのがいけないのだという。東京育ちにせっせと部落問題の知識を教え込むのは、おもに他県の人たちである。私の六十六年の生活の中で、他の職業についてはこそこそと悪口めいたことを言う人がいるのを知っているが（私が修行を始めた頃は、小説家という仕事がまず、れっきとして卑しむべき特殊な職業の一つであった）、被差別部落の問題は陰口としてさえ聞いたことが「一度も」ないのである。

大きくなってからは、知識としては教えられたが、その知識もまた使ったことがない。理由は簡単で、使い方もわからず、実感もないから、忘れていてうまく使えない。こういう私の実感についてももちろん異論のある人もいるだろうが、「そうだ、そうだ」と同感する人も多いだろう、と思っている。

だから私は署名原稿で書いたのだ。署名原稿というものはすべての責任が筆者に帰するということだから、異論のある人は私に言って来る。それが自由な意見の交流というものだろう。しかし「サンデー毎日」は、個人の意見でもいけない、というのである。こういう形で戦後のマスコミは、昔も今も、恐怖に満ちて言論の弾圧を続けて来たのである。筒井康隆さんの「断筆宣言」の裏にあるものは、状況は同じではないが、こういう風景と一続きなのであった。

私はそれに対して、歯切れの悪いやり方で抵抗し続けた。歯切れ悪くというのは、つまり決して「断筆宣言」などしなかった、ということだ。

私はカトリックで一神教だが、この問題になると多神教的な気分になることが多かった。私は今回のように、一つの所で「捨てられる」とたいていいつもどこかで拾ってもらっていたのである。つまり「捨てる神あれば、拾う神あり」、ってほんとうなのだな」と思い続けて今までは生きて来たのである。

しかしいつもいつも拾う神を当てにして抵抗していたわけではない。その証拠に原稿が拒否される度に、私はいつも「田園に帰る」ことを考えて来た。偉そうに言うが、つまり畑仕事がまんざら嫌いではなかったのだ。幸いにもう三十年以上前から、三浦半島の海辺に土地と家があった。そこの小さな畑で野菜を作り、蜜柑を植え、海でわかめやひじきの切れっ端を拾い、というような暮らしをすれば、作家の魂を売らなくてもどうにか生きていられる、と計算していた。

断筆宣言をしなかったのは、つまり私が筒井さんのような売れっ子ではなかったからである。断筆宣言という行為には、そうすると周囲は困るだろう、という計測がある時になりたつ。しかし私など、黙って断筆しても、あまり気付く人さえいない。周囲のごく僅かな人が「どうしたの？　何があったの？」「そう言えば、あの人、このごろ書いていないわねえ」と言う程度だ。

しかしそれも自然でいい、と私は考えたのであった。人は誰でもいつかは自然に働きを止める日が来る。人困らせでなく、自然に止められれば、むしろことはうまく行った、と見なすべきなのだ。

一方私の心にはいつも戦争中の軍部の意向に従わなかった一群の作家たちの生き方に対する深い尊敬があった。彼らは文学報国会という文士たちの集まりに積極的にか消極的にか参加しなかった人々であった。大佛次郎は積極的に、川端康成は消極的に抵抗を示し、鎌倉文士たちは鎌倉文庫という貸本屋を始めたのである。

私もこうした大先輩に習って、できるだけ消極的に抵抗をするつもりであった。伊藤整氏は鎌倉にではなく、東京郊外で畑をすることを決意した組だが、私はもともと畑が好きなのだから、小説を捨てて農業に転向するという悲壮さも極めて薄い。ぶらぶらと何とか、私の生き方の筋を通せられれば大成功だと思ったのである。

そしてその間にも、時は滔々《とうとう》と過ぎて行く。誰が間違えようと、誰が筋を通そうと、そんなことはまるっきり大したことではないのである。だから私は断筆宣言も停職宣言もしなかった。

結婚式や葬式の時に、「誰それさんは、会社にとってなくてはならない人でした」というが、あれも多分にお世辞である。「誰それさんは、実に楽しい人でした」というような褒め言葉なら、大いにあり得る。しかしなくてはならぬ人などというものは、家族か親しい友人の関係にしかない。

この数カ月、日本の金融のでたらめぶりが暴かれた間に、実に多くの人たちが自らの命を絶った。官庁、銀行、会社、どこにでも自殺という形で暗い最期を迎えた人がいた。残された家族はどんなに辛かったろう。

それらの人々は、皆「自分はなくてはならない人だ」と思っていたのかもしれない。だから人を庇《かば》ってあるがままの証言ができなかったり、こうなったら人生はお終いだと思ったり、すべての責任は自分にある、と思いこんだりしたのである。彼らはたぶん律儀で、責任感に富み、自分に自信があった。だから無責任な自分、能力の無い自分、汚名の中にいる自分、を許せず、死ぬ他はなくなったのである。

しかしそんなことはないのだ。人は大体誰もが平凡で、「ろくでなし」で、「能なし」である。今までうまくやって来たとすれば、運がよかったか、他人が図らずも庇ってくれていたからに過ぎない。

そう思えると、心は実に自由に解き放たれる。視野が広くなり、すべてのことが笑いで受け止められる。その方が得だと思うのだが。

危機はそこにある

——現実を信じず、悪いことを予測する——

こういう原稿を書きながら、私は今に至るまで何歳までを中年というのかよくわからないままで過ごして来た。

四十歳を過ぎていても、最近は幼稚な人たちがひどく増えた。昔の燻し銀のような中年の完成とは無縁の人たちである。いっしょに旅行していて朝、顔を合わせても「お早うございます」も言わず、帰る時にも「ありがとうございました」も言えない人がざらにいるようになった。これは小学生以下の心情であろう。たとえ大してお世話になっていなくても、そう言うのが人間の礼儀というものである。と言うと、「世話にならないのに、礼を言う必要はありません」と反論されるのだろうが、人間は、嫌な人は傍におくことさえ嫌って当然なのだから、いっしょに行動を許して貰えただけで、私はお礼を言う気持ちになる。

まあ、精神年齢のことは別として、幾つから中年でもいい。こういうエッセイを書くような時には、厚生省や文部省とは違ってあいまいさを許されるというのが暗黙の了解だと思ってもいいだろう。

しかしとにかく中年から必要なのは、危機管理の能力である。

危機管理というのは危機を予測して備えることだ。危機に備えるのは、未来形である。現状を信じず、悪いことを予測するのである。一般に現実にはない架空の未来を予想するということは、これでも少々は高級な知的操作だと言える。

危機というものは一般的に三つの種類に分けられるという。

第一の自然的災害は、洪水や干ばつ、火山の噴火、地震、崖崩れ、不測の伝染病の発生などをいう。

第二の国防的災害は、戦争の勃発、地域紛争の顕現化、難民の流入、テロの頻発などのことだ。

第三の社会構造的災害というのは、世界的にまたは国内的にさまざまな理由から、食料や燃料の不足、などを来す場合である。

私たちは若い時には、こういう突然の運命の変化に驚いて立ちすくんでいてもあまり非難されることはない。独身で親や兄弟以外の家族がない場合もあるし、大きな意味でまだ成長の途中にあるのだから、自分のことだけで手いっぱいという言い訳も許されるのである。

しかし中年以後は、責任を回避するわけにはいかない。親が年取ってまだ生き残っていれば中年の息子は親の面倒を見る側に廻らねばならない。家族がいればなおのことだ。中年当人が父親でも母親でも、成長の途中にある者を何とかしなければならない責任を負っているのである。

前にも書いたことがあると思うのだが、私たちはいつも現在の生活を仮初めのことと思って暮らしていなければならない。私たちは計画を立て、好みを自覚して、日々を楽しく暮らせばいいのだけれど、そのような生活が経済的にも社会的にも健康的にも、明日もまた続くという保証はないのである。

今の日本の不景気もそうだった。右肩あがりの景気の時には、こういう状態が続くもの、と私も信じそうになった。当時私も知人に何度か不動産投資を勧められた。

私たち夫婦は人並みに物質的で禁欲的でもなかったから、自分が本当に欲しいと思うものは贅沢でも買ってしまっていたので、今さら投資をする気にはならなかった。

海の近くに住みたかった私は、三十年以上前に自分の力で手に入れた最初のお金で海岸の土地を買って家を建てた。庭にカナリー椰子《やし》を植えて夕日を見るのが私の望みだった。この家には、今でも寸暇を惜しんで行く。畑を作り花を植えている。

私の夢だった椰子というものは、全く手がかからなくて、実に経済的な植物なのである。当時、木陰で昼寝するくらいの高さの椰子が欲しかったのだが、それは十五万円もすると言われて私はびっくりし、結局、庭箒を逆さに立てたくらいの小さな苗を植えた。その椰子が三十数年の年月の間に、十分に木陰で昼寝ができるくらいの大きさに育った。

この土地は、私の生活のさまざまな姿を記憶している。この土地に深く惹かれながらも、私はたえずこの土地を手放すことを念頭に入れて生きて来た。人がその当人と子孫とで、長い年月、或る土地を所有し続けるなどということはできるものではない。私は一応土地を買ったのではあるけれど、それは運命か神かから、しばらくの間「拝借した」もので、いつかはそれはどなたかにお返しするものであった。

四十代の終わりに立て続けに眼の病気をした頃に、私の心は園芸に向かったのだけれど、当時は畑仕事など視力がないからできなかったのである。今でも覚えているけれど、その頃、私を昔育ててくれたおばあさんがその海の家に住んでいて、菜っ葉やドジョウインゲンを作ってくれた。私はせめてその収穫を手伝わせてもらいたいと思ったのだが、インゲンの茎と実を区別するという視力がもう私にはなかったのである。それで私はもっぱらそのおばあさんの手伝いの雑仕事を引き受けた。石灰を畑に撒くこととか、手探りでトマトの枝を支柱に結ぶこととかいうハンパ仕事だった。

しかしその頃、私は植木屋さんに頼んで、蜜柑、キイウィ、ビワ、ユリと水仙の球根なども植えた。むしろ自分の心の救済のためだけに果物の木を植えていたのである。もし私の眼が手術後も治らなければ、とてもこういう家を管理する力もないだろうから、多分愛着深かったこの家も売ることになるだろう、と私は考えていた。買った人は社員寮を建てる可能性が大きいから、蜜柑の木などどんどん切り倒すかもしれない。

しかし万が一、買った人が、何も経緯を知らないまま、豊かに稔るようになった蜜柑を食べてくれれば、私はそれで満足だと感じていた。それこそが書かれなかった小説のようなおもしろさである。

私たちは誰もが、書かれなかった小説を生きている。作家はその何万分の一かを書くだけである。中年になれば、書かれなかった部分もよく見えるようになる。危機管理というのは、そのうちの極端な部分を極端に表現したものだ。危機までに至らなくても、私たちは運命の挫折か緩やかな方向転換かを余儀なくされる。その可能性を常に考えるのが中年の使命なのだ。それをしなかったからバブルが弾けた時、皆、どうしていいかわからないような目に合うことになった。

会社はずっと景気がよくて、昇給もほぼ今まで通り行われるだろう、などということは現世では稀にしかないのである。人は誰でも皆、思いがけない生涯を送る。いい意味においても、悪い意味においても、である。

若い時から、私は週に一度は、新聞の求人広告欄を子細に読む癖があった。私は四十年以上、結果的には小説を書き続けて来られたので、常にその時、差し当たり転職をしなければならない理由も無かったのだけれど、私にはいつも自分が書けなくなる状態を仮定として考えていた。才能の枯渇もあろう。しかしそれよりもっと現実的だったのは、マスコミ、殊に大手の全国紙が、この四十年近くずっと言論の弾圧をし続けていたからだった。

弾圧にも程度がある。厳しくなったら、私は執筆をやめて他の仕事で生きて行かねばならない。若い時にはまだ、畑をするなどとは考えもつかなかったから、その時は他のどんな職業で食い繋《つな》ごうか、といつも考えていたのである。

当時、もし作家をやめなければならなくなったら、私は今で言う3Kに当たる仕事をしようと決心していた。今はほとんどなくなったが、バキュームカーの運転手さんはその一つの候補だった。私は自動車の二種免許を持っていたが、性格は全く運転に向いていないから、タクシーの運転手さんのような神経を使う仕事をやるより、肉体労働をする方が気楽であった。少し汚れる仕事は給与がいい。載せているのは、人間ではないから、運転についても少し気楽である。その上母が、汚いと思う所をきれいにするのは最高のすばらしい仕事です、と教え続けて来たから、その言葉もまだ耳に残っていた。

新聞の求人広告欄を丁寧に見るのにはたっぷり一時間はかかったが、それで幾つかの働けそうな仕事を見つけると私は安心した。まだ断筆はしていなかったが、いつもその用意をしていたわけである。

これは笑い話だが、今でも私は時々かなり貧しい途上国へ行く度に、もし私が残りの人生をこの国で過ごさなければならないとしたら、(もちろんその場合には書くなどという仕事はもうないに決まっているから)何をして生きて行くことになるだろう、と考える癖がある。すると私には四つも仕事の可能性があったのである。

包丁の研師《とぎし》、日本料理の店、手相見・占い師、鍼師《はりし》の四つはどれも私の道楽なのだが、もしかすると職業としてもなり立つので、小心な私は安心するのである。

しかしこれは、私が現状を信じていてはいけないと考えている心情の一つの現れではあるのだ。思想の弾圧に遇って書けなくなるのも、途上国に住まなければならなくなるのも、私にとっては一つの危機である。その時、自分を生かすのは自分だけしかない。国家を相手に訴訟を起こすのが最近は当然とされているが、そんなことで完全に運命を補塡《ほてん》されることはほとんどない。

中年まで安泰に来たのなら、近く異変があっても文句は言えない。だから中年は安泰の中で非常時を考えられるようでなくてはならない。

危機管理についていささかでも考えない人は、多分、大人になっても子供なのだろう、と思う。結果的にうまくやれるかどうかは、この際別問題としておこう。しかし個人的、社会的、国際的、危機管理は、いずれも架空の状態を予想し、それに対処することを考えることである。女房が先に死ぬかもしれないのに、炊事一つできない男などというのは、まさに未成熟な中年の典型ということになる。

憎しみも人を救う

――常識的迷惑は避けるのがいい――

今までにも部分的には書いているのだが、もう一度改めて書いておきたいことがある。それは、中年以後になると、さまざまなことに価値の混乱が起きるということである。一般に混乱というものは起きるより起きない方がいいとされているが、私に言わせると、混乱が起きなかったら、人間はずいぶん薄っぺらな詰まらない性格のまま死ぬことになるだろう、と思う。

若い時には、自分のしたいことがあって、いわば一途にそれに向かって突進するものである。その目的に到達できれば成功、できなければ挫折、という実に簡単な判断が用意されている。しかしこの「したいこと」というのが少し曲者なのである。ほんとうにしたいこと、というものが、若い時にはよくわからない。たとえば同じクラスに対抗意識を持った二人の学校秀才がいて、そのうちの一人が東大法学部を受けると言うと、よし、アイツが行くくらいなら僕も東大法学部に行くという発想をすることがよくあるからである。

「好きなこと」と「したいこと」というものは、少し違うのだが、その点については意識していない場合があるのだ。

若者の就職の動向などというものを新聞で見ていても、つくづく彼らは自分の好みではなく、流行に流されている面があるな、と思う。当然のことだが、彼らはその職業について廻る辛さもおぞましさもよくわからないのである。朝早くから夜遅くまで、個人の生活がないほどに人をこき使う会社でも、それが業界一ということになれば、やはり魅力を感じる。どことなく道徳性というものに関しては鈍感な会社でも、売上げが多ければ商売というものはやはりこういうものなんだな、と納得する。

若い時には、何が自分にとってしたいことか、したくないことかの好みがはっきりしていないし、仕事の本質の持つ意味もよくわかっていない。例外的な天才にはわかっているのだろうが「普通の人」には決して見えていない未来の部分である。

私も若い時には結構テレビに出演した。そしてほんとうは少しも才能がなかったのである。ド近眼だから人の顔も覚えず、姿勢も悪く、今よりもっとネクラだったから（今だってほんとうは暗い性格なのだけれど、それがいろいろな要素で瓦解してぐちゃぐちゃになってわからなくなっているだけのことだ）全くテレビ向きではなかったのである。

若い作家として、起用されればインタビューにも行った。才覚や知識に溢れたいい聞き手ではない。前日か前々日、ひどい時には行きの車の中で、インタビューの相手の経歴に目を通す。卒業した学校の頃の話、郷里で培《つちか》われたもの、などについて語ってもらうためである。ツケヤキバもいいところだが、それでも今の聞き手よりはましだった。今は私の所に来て「何年のお生まれですかぁ？」「どこの学校を卒業したんですかぁ？」と聞く人も稀ではない。

そのうちに自分は徹底してテレビが嫌い、いやコワイのだ、とわかるようになった。社交も好きではないけれど、まだしも相手が見えるから努力すれば何とか心理的につながりが保てる。しかし見えない相手に語る時、どんな顔をしていいのかわからない。だから今、私はラジオは好きなのだが、テレビにはほとんど出ないようになってしまった。

世間では秀才という人が官庁に入るわけだけれど、官僚になって失望している人はずいぶんいるだろう、と思う。なぜなら、そこでは大切な時には自分の言葉で語ることができないか、それを敢えてやると必ずしっぺ返しをされるからだ。自分の言葉で語れない職業に一生ついているなんて相当な不幸だと私は感じている。嫌われたり反対されたりするのはいいのだ。しかし「そういうことは、おっしゃらないでください」と言われる立場で暮らすのは健康に悪く、人生を貧しく感じさせる。今度、文部大臣になられた有馬《ありま》朗人《あきと》氏に対しても、文部省内部では歓迎しながらも、「あの方は中教審の会長としては闊達《かったつ》なことを言われたが、大臣となると、国会答弁などで言ってはいけないことがあるのだが、そこのところをどうされるか不安だ」という意味の発言をしていた役人がいた。

もちろん不自由を引換えにしても大臣をやってみたいというのも一つの選択である。大切なのは、実体を知って選ぶということだ。それが若い時にはできない。

外交官は見場のいいものだが、自分が行きたくもない外国に一定の期間拘束され、そこでおもしろい仕事もあるかも知れないが、どんなにつまらない仕事も待っているか、想像もできない。商社に入れば、アタッシェ・ケースを持って、ニューヨークやロンドンを飛び廻れるだろう、とは考えるが、為替の円が一円上がるか下がるかで胃が痛む思いをさせられるかもしれない、とは入社する時にはほとんど考えない。一時、証券会社が就職したい会社のトップに名を連ねていた時もあったが、今度のことでそれは夢であったことがよくわかっただろう。最近では円が安くなったというニュースが流れる度に、為替の売買をするディーリング・ルームの光景がテレビで放映されるが、私などああいう無機的な空間に一日でもいたら病気になりそうな気がする。もちろんそんな判断は「余計なお世話」というものだ。あの中で為替相場との戦いに参加してこそ、生きているという実感を感じる人もいるのだろうから。

総じて年を取るに従って、人間は重層的に、表から裏から斜めから、ものごとを見られるようになる。それが年と共に開発された才能である。この才能はかなり遅れて開花し、かなり年取ってもまだ延びる芽であろう。

若い時には希望通りにならなかったら人生は失敗だという明快過ぎる論理が適用される。しかし中年以後は人生がどうなってもよくない面があり、どうなってもそれなりにいい面がある、という不透明なおもしろさがわかるようになる。

金がないと人間がぎすぎすして、詰まらぬことが争いの原因になることは、私たちがいつも感じているところである。私など、お金どころか、空腹になったり微熱があっただけでもう不機嫌になっている。

人の心がお金では救えないことは、私が未知の読者から受け取る手紙でもよくわかる。

少し前に、私は自分がボランティアで働いている海外邦人宣教者活動援助後援会で、実に数百万円という金額のお金を受け取ったことがあった。それほどの額なのに、差出人の住所も名前もはっきりとは確定できなかった。しかもそこには「もうこのお金はいらなくなったので、そちらで人を助けることに使ってください」という意味の手紙が添えられていた。実にこれだけのお金があると、用途が援助用とはっきりしている粉ミルクを（市価の半額で買える決まりなので）数トンも買える計算になるのである。

この話を皆にすると、数人の人が同じようなことを言った。

「きっとその人、当然息子だか娘だかにやろうと思って溜めていたのよ。だけど、その息子だか娘だかが、あんまりひどくて、多分親をないがしろにしたのよね。だから或る日そのことがわかって、もうやるのはばかばかしくなったんじゃない？　それであなたの所で、アフリカの飢えてる子供に確実に届けてもらえるんなら、その方がお金が生きると思ったんじゃないの？」

あまり皆が同じことを言うので……でも多分、事情は違うであろう。ものごとは、予測の通りであったことはほとんどないのだから……しかし真実がわからない以上、ここでは仮定として、このお金は、このどこにでもありそうな普遍的な事情、親子の間のいさかいと不幸な断絶の結果で送られて来た、とすることにしよう。

親が子供に、心理的にも肉体的にも経済的にも世話になってはいけない、と私たちは考える。それだけでなく、積極的に財産をやりたいと考えて金を溜める。しかしある日、そんなことをしても子供は親のことを全く考えていないか、金だけを狙っていることを知る。

親子の関係としてはこんな寂しいことはないだろう。その親は、子供との関係、親子の関係を金銭なしの普通のものにしよう、とする。金などあるから、親子関係が歪むのだ。それならこんな毒を持った金はアフリカの子供を救うために使われる方が清められる。そう考えても少しも不思議はない。

「金目当てでもいいじゃありませんか。お金があるから面倒を見てくれる、というのなら、それもいいじゃありませんか。私なんかお金がないから捨てられたんです」

そういう親もいるだろう。

「私はお金がなかったんです。ですから子供しか面倒を見てくれる者はありませんでした。ひどい迷惑をかけました」

という親にはまだ会ったことはないが、可能性はいくらでもあるはずだ。むしろ金銭がない方が、人間の心は素直につながる。世話をする方にも、苦労はあるが、喜びも与えられる。

どうなったらいいのか、私にはよくわからない。常識は「子供に面倒はかけたくない」である。しかしそれは答えのほんの一部だ、ということもわかっている。住所もわからず、名前ももしかしたら偽名だと思われる母が、実子に絶望したからこそ、私たちは数トンのミルクを買うことができ、それによって数十人か数百人の子供の命が助かるということになったかもしれないのである。

普通は「愛が人を救う」のだ。しかし時には「憎しみと絶望が人を救う」ことになる。こんなことは、とうてい若い時には想像もつかない。中年以後、思想が時にプリズムのように屈折し、中から思ってもみなかった色が現れ、意図した以外の力になることを知る時、私たちはめくるめくような思いになる。こんなはずではなかったと、時には怒り、時には驚いて放心し、時には自分が思いもかけなかった悪か善かに加担させられているのを知る。こういう運命の招待もあるのだ。

若い時には、招待というものさえも単純に考えた。あの人は自分に好意を持っていてくれるから招ばれた。あの人は自分を嫌いだから招んでくれなかった。多くの場合招んでもらえなかったことは、悲しむべきことである。リクルート事件の時、未公開株が政財官界の大物に配られたことが明るみに出た頃、この話はちょっとした笑い話になった。私も一応、流行に乗って夫に「お父さん、あなたも声かけてもらえなかった口じゃないの」と言ってみたが、夫は「そうなの、遠藤周作も持ってないんだって。今から慌てて買って、日付のところだけ指で隠して『これが、ほれ、リクルートの社長から頼まれて引き受けた株券ですがね』って言おうか、って言ってたよ」と嬉しそうな顔をするだけであった。

普通は権力者に見込まれると、出世をし、得もする。しかし見込まれなかったからこそ、命永らえた人間も、歴史上いくらでもいるのだ。人間の予測くらいでは、とうていこうした運命の仕組みの変化についていけない。

しかしそれでもなお、性懲りもなく、人間は常識に従う。金をため、出世を企み、見栄を張る。それでいいのだろう。いや、それ以外の道を行くということの方が、むしろ不必要なエネルギーが要るのだ。

しかしそれらの常識が、実は決して力を持たないことを心した上で、私たちは常識を愛するべきなのだ。

常識というものはつまらないものだが、人に迷惑をかける度合いが比較的少ない。私たちは多くの人と浅く係わるのだから、常識的迷惑は避けるのがいい。私たちには、その程度にしか運命というものは読めないものなのだと、中年以後に初めて理解するのである。

誠実の配分

――あちら立てれば、こちら立たず――

昔「人間は一度に一枚ずつしか服を着られない」という諺《ことわざ》がイタリアにあると聞いた時にはほんとうに感心した。

若い時、特に学生時代には、服などあればいくらでも着られるような気がしていた。一度には確かに一枚ずつだけれど、長い人生では服などいくらあっても楽しく着られる、と信じて疑ったこともなかった。

時間も同じであった。映画を見るか、旅行をするか、宿題になっている英語の本を読むか、友達の家を訪ねるか、どれをしてもいいので、どれをするか自分が決めればいいだけの話であった。退屈というものについてもよく考えた。退屈している人を見たことがある。お金のある奥さんで、浮気をしていた。普通に言うと退屈はよくない。しかし退屈しないと人生も見えないだろう、などと矛盾したことも考えていた。

たった一つ、人生で強力な制約になるものは、お金がないということだろう、というのが当時の私が到達できた理解の限度である。

しかし中年以後はそうでないことがわかった。青春を抜け出したとたんに、私たちの心を大きく占めるのは、限りある人生の主な要素をどう使って行くか、ということである。体力、お金乃至は物、時間、心などをどう配分するか、ということは実にむずかしいことで、しかも他人は誰も決めてくれなければ、その結果を引き受けてもくれないのである。

つまり会社がオーバータイムで働くことを要求した場合、それに従うべきかどうかはほとんど誰にも決定できない。意外と楽々こなす人もいれば、疲れて夜眠れないほどにうちのめされてしまう人もいる。そういう人はその状態を続ければ、高血圧や癌になるか、発作的に飛び下り自殺をしかねない。その場合は、会社がどんなに困ろうが、休んでしまうことなのだが、それはその人に対する会社の期待を裏切り、出世ラインからは脱落することになる。しかし心や体が病むよりはいい、と判断できることが、つまり中年以後なのである。

先日、関西で暮らしている息子一家が訪ねて来て、ひさしぶりで今年高校一年になった孫と朝食の時に話をした。

「何か部活をしてるの？　少林寺拳法以外に……」

と私は尋ねた。孫は小学校一年生の時に少林寺を始めてずっと続けているのである。彼の父親は高校の頃は、陸上に熱心であった。一時は我が家の玄関が砲丸や槍置場だったので、私は「凶器準備集合罪じゃないの」と呟《つぶや》いた記憶もある。

しかし孫の高校生活は父親と違った。彼は今、本を読むこと以外、何もしていないのだ、と言った。「お父さんが、好きなことは一つに絞ったらどうか、って言うし、僕もそれがいいと思うから」と彼は父親を充分に尊敬していた。

気がついてみると、私の息子ではあるが、孫の父親自身がもう中年であった。だから自分の子供にそういう忠告だか入れ知恵だかをする年になっている。私に言わせれば、四十代、五十代は、満開の花の時代で、六十代だって私の体験からするとかなりすばらしい。体力は確実に落ちているけれど、人生を見る目は確実に深くなっている。だから四十歳から六十五歳までの四分の一世紀間、もし大きな病気もせず普通の生活ができたなら、それはすばらしい贈り物を受けたことになる。

まず、私たちは残りの時間を誰といっしょに過ごすのか、ということだ。

私はずいぶん長い期間土木の勉強をさせてもらっていたので、よく現場に行くことがあった。信濃大町から少し西に入った谷にある高瀬ダムの建設現場に通っていた頃など、月曜日の朝七時、八時の新宿発の中央線には、週末だけ家庭に帰った人たちがいっせいに乗り合わせていた。そういう人たちがあまり多いので、会社でも松本まで迎えのバスを出していたこともある。大糸線で大町駅まで来ようとすると、支線なので、時間が余計にかかるのである。

私は時々、そうした企業戦士たちの姿に同情することもあれば、却って仕事を離れて新鮮な思いで、二週間に一度くらい家庭に帰る生活をすばらしいかなと思うこともあった。

しかし子供が小さい時には、こうしたお父さんたちは、特に家族と別れて住むことが辛かっただろう。たまに帰ると、子供に「この人だあれ？」と聞かれ、「お父さん、今度はいつ来るの？」と言われて「来るんじゃない、帰るんだ」と大人気ないことを言いそうになったという人もいた。女房のところに帰るのに、まるでお妾さんの家に来るようなものである。

私たち誰もが悩むのは、一日二十四時間、一月《ひとつき》三十日しかない時間をどのように割り振って使うか、ということであった。子供といっしょにいる時間も長くしたい。しかしダムの現場の仕事は持って帰って自宅でできるものではない。

家にいたって同じことだ。小説家はずっと家で仕事をするのでいかにも楽なように思われているが、それでも集中して書いている人は家族のことなど眼中にない。人間は一度に二枚の服は着られないだけでなく、一度には二つのことは考えられず、別の場所にいる二人の人と同時に会話をすることは、原則としてできない。最近時々、テレビ会議などというものが、日本とアメリカなどの間で行われることがあるが、私はまだ気味が悪くてあまり出席したくない。すると誰を優先して会うことにするかが、一つの選択なのである。

つまり同じ空間を共有する人としか、私たちは体験を分かち合えない。誠実も見せにくい。年をとった親と、今生でどれだけの時間をいっしょに過ごすことができるかが親孝行の一番素朴な表現だろうと思うのだが、親といっしょに住まなければ訪れる時間にも限りがある。

親孝行をしようとして親のうちを訪ねれば、子供といっしょに行けたかもしれない海水浴の時間が取れなくなる。人間の体は一つなので、どれかを選べば、どこかに手がまわらなくなるのである。

死期がほぼわかっている夫の看病を、何年間かしてきた妻がいた。彼女がその時期に最優先事項として心に決めたことは、とにかく昼も夜も夫と共にいようということだった。仲のいい夫婦だったのである。しかし毎日毎日、二十四時間、死に向かっている人と付き合っていると、彼女は髪の毛が抜けるようになった。

それではいけない。病人も、健康な妻に看病してもらいたいのであって、髪の薄くなった陰鬱な妻の顔など見たくないだろう。

そう気がついた彼女は、週に二日、日を決めて留守番の人に来てもらい、外出することにした。二日のうちの一日は朝のうちに美容院に行って髪の手入れをしてもらい、経済的な余裕のある範囲で、身の回りのものを買った。

彼女は昔は自分のことを買い物魔だと思うくらい、買い物が好きであった。しかし夫が病んでからは、ものなど一つも欲しくなかった。ハンドバッグもブラウスも買うと余計に悲しいばかりであった。たった一つ欲しいものは、夫が治って再び二人で暮らすことだけであった。自分には生が約束されているのに、夫は死ぬ他はない、と言われた。家は仏教で、仏の救いを信じないわけではないが、夫とは死ねばそれっきり別れることになるのだろうと思う時もある。一人は生き、一人は死ぬ。その運命の垣を取り払うことができないというのは、暴力的な不条理であった。

外で遊んでいると、健康で外に行ける自分を夫は怨んでいるだろう、という気がした。それ以上に、残された時間を、できる限り夫といっしょにいる、と心に決めたのに、こうして一人遊びをしなければ看護の気力が続かない自分を、彼女は裏切りだと感じていた。

「週に二日くらい休むのは当たり前じゃないの」

と私は言った。

「ご主人の看護だって、長丁場になれば、息抜きするのが続かせるこつよ」

一日は二十四時間しかない。時間が一番やり繰りがきかない。時間が一番残酷だ。時間が一番誠実を要求する。誰に、どこに、何を棄てて何のために使うか、をはっきりさせることを要求する。私は時間が恐ろしい。

時間の次にお金も、一つのことに使えば、他のことのために廻せる金額は減って来る。夫の背広を作れば、妻はハンドバッグを買うことができない。親としては子供たちの誰もを塾に通わせたいが、長男が大学に入るまでは、次男の塾はお預けになることは自然である。あまねく、惜しみなく、すべての子供に平等に、ということは、よほど経済的に余裕のある人にしかできない。

実に中年以後の人生は、選択の連続を生きることになる。あちら立てれば、こちら立たず、が原則だ。その時、人は自分の中で、否応なく優先順位を決めることになる。

おきれいごとを言っていては済まなくなるのだ。どちらかを選べば、別のものを棄てることになる現実を実感する。

ただ心だけは、二人に使えば半分になるというものでもない。二人の子供のことを、親たちは同じように心配している。しかし現実的には、それにも限度はある。

私がそのことを感じるのは、見知らぬ方から本を寄贈される時である。五日に一度歌集や句集を受けるのだったら、私は少し読んで感想を書き送ることもできるかもしれない。しかし毎日五冊の本を送られたら、とうてい中を読むことはできない。私の仕事自体が、読むべき本も読めないでいるほど資料が必要だ。予定に入っていない本はどうしても読む余裕がないのである。

心を伝えるのさえ、こうして限度がある。自分の体力、気力、仕事の容量などと相談して、できる限度と、その限度から溢れてしまうものとに分けなければならない。私は冷酷だから、それができるような気がするのだが、誠実で心優しい人ほどそれができない。

「疲れて仕方がないなら、礼状なんか書くの止めちゃえばいいじゃありませんか。ほんとうの友達なら、礼状がこなくたって、怒ることはありませんよ」

と言われても、疲れて寝不足の体に答うつようにして義理堅く礼状は書く。

しかし私はいつも、自分がつぶれるほどの仕事を抱え込むのは、決して利口とはいえない、と思う。誰でも病気になれば、傍が迷惑する。しかし自分を守れば、どこかで失礼、つまり何かを切り捨てていることになる。

中年を過ぎて、老年にかかる頃になると、ことにこの選択は厳しいものになる。多少の地位もでき、付き合いの範囲も拡がっているから、人間関係も普通なら複雑になっている。と同時に持ち時間はどんどん縮まっているのを感じている。さらに自分の残り時間だけでなく、娘は間もなく嫁に行くだろうし、息子も就職すれば、地方転勤になってしまう。親子が共に住む期間もそんなに長くはない。自分の生涯が短くなっているだけでなく、親たちの生きる時間も残り少ない。そうしたことをあれこれ思うと、焦りを感じてどれも手につかない、という人まで現れる。

諦めることなのだ。できることとできないこととがある。体力、気力の限度がある。諦めて詫びる他はない。それだけに、一瞬でも、人や家族に尽くせる瞬間があったら、それを喜んで大切にしなければならない。

人間は必ず、どこかで義理を欠いて後悔と共に生きる。

そんなことは、若い時には全く考えなかったものだ。

吹き溜まりの楽しさ

——自分の手に余ることがない範囲——

中年という時代は、確かによく目の利く年代だと思う。

たとえば文学作品を理解するというようなことなら、もしかしたら四十歳より六十五歳の方が深い理解ができるかもしれない。しかしまだ体力もあり、理解力も一応ピークに達し、かなり死までに長い時があり、しかも家族に上の世代も下の世代もできた、という時に考える判断は重層的にならざるをえない。これで私たちくらいの年になると、もう上の世代がそろそろなくなりかけているので、判断が気楽になりすぎるのである。

そういう時代に考えなければならないことがある。それは、時代にも流行にも左右されずに、どのような規模、ないしはスケールの人生を送るかということを、ほぼその頃に決めるべきだということである。

よく婦人雑誌などに、世界的な富豪とか、ファッション界の大物などの邸宅が紹介されていることがある。そういう豪邸というものは誰かがその屋敷の美を作るか保存するために、心血を注いだことを思わせる。

この一枚の壁面、この一個のクッション、この何気ない壁龕《へきがん》に置く彫刻さえも、こういうものでなければならない、という厳しい選択で、こういう屋敷は作られたのである。

ルーブル美術館では、大階段の中央の踊り場に首のない羽の生えた「勝利《ニケ》」の女神像がある。私はミロのヴィーナスよりもあの彫像が好きなのだが、あれを飾るには、あの階段、あの前面の視野の拡がり方、あの踊り場の面積が絶対に必要なのだ。それほどに、美の演出には才能と心とお金を費やさねばならない。

私はできもしなかったし、また何らかの理由でそれが可能だったとしても、そういう家を作ることに心血を注ぐことはしなかったろうと思う。私は住む場所に関しては、機能だけで充分であった。日当たり、風通し、仕事がどうやらできる面積、公私の部分が一応分離されること、或る程度の防音と空調、水廻りがいいこと、それくらいしか望まない。しかし、これを叶えることは大ぜいたくである、と思っている。外観は派手でなければそれでよし、であった。

私のうちのような建物は便利でのんきなものであった。定見がないし、完成していないから何でも飾れる。居間には、インドシナの陶器、中央アジアの皿、イタリアのガラス、アフリカの水壺、伯父の形見の中国画などが、雑然とおいてあるが、初めから定見がないのだから、何となく納まっている。つまり吹き溜まりの楽しさである。もしロココの家だったら、アフリカの壺は身の置き所がなくなる。数寄屋の家を建てて、金キラの模様のついた紅茶茶碗を出せばめちゃくちゃになるが、私の家なら、まあ何とか済むのである。

私は人との付き合いにさえ努力しなかった。有名な人とずっと親しくしようと願ったことはない。私がその人と付き合うべきかどうかは運命と周囲の力が決めることのように思えた。その場合でも私は経済的にも、知識的にも、社会的にも、爪先立ちして、相手からよく思ってもらおうとは考えなかった。そんなことをしたら後が大変だ。このままの私でも相手がおもしろい、と思って選んでくれたら付き合って頂こうと、多くの場合選択の成り行きは相手任せである。

高級なことであれ、低級なことであれ、こうした或る生き方を選ぶのは、中年になった時だ。

今住んでいる家の話に戻ることになるが、私はいろいろな経緯があって、一人娘の私が本来なら相続してもいいはずの親の家を、父から買うことになった。父が再婚して、新しい夫人とは、別に新しい家を買って住むことを望んだからである。

私が引き受けた古い家はすきま風だらけの昔風の建築で、私は寒くてたまらなかった。やっと少し経済的に余裕ができた時——今から三十年ほど前のことだが——私たち夫婦は家を建て替え、それから十数年して書斎を継ぎ足し、さらに台所廻りを改修した。その後で、夫は私に宣言した。もうこの家は建て直さない。私たち同様年老いたオンボロ家屋になれば、私たちが死んだ時、心置きなく引き倒して更地にし、後の利用を考えられる。

私も全く賛成であった。私の家は公私の部分がよく分かれていて、使いよいのである。自分が使いよければ、それで文句の言いようはない。

私は実はぜいたくであった。若い時から海の傍に住みたいとしきりに願っていた。それで東京の家を建て直す前に、三浦半島の海に面した台地の、まだ誰一人として住んでいない土地に開拓者のように家を建てた。それも三十年くらい前のことである。それは別荘なのだが、世間の常識と違って実によく使っていた。一年のうち確実に二《ふた》月《つき》はそこで暮らし、原稿を書き、少しの時間があれば畑に出た。

私はそこに柑橘類、キイウィ、お茶、柿、タラ、アケビなど、何でも植えた。花もやたらに作った。玄人だったらとっくに収穫があるはずの年月の一・五倍はかかったが、それらのものはすべて遅ればせにでも実をつけ、咲き始めた。元を取ったとは決して言い切れないが、わが家の食卓にはいつも畑で採れた新鮮な野菜が並ぶ。夫はケチなので、妻の道楽にかけた費用が全く消えるのではなく、食費の軽減になっているということで文句を言うことはなかった。

私は自分のお金で、家族が承認した範囲のことなら贅沢を許してもらうことにした。お金については、これも前に書いた通り、「私のお金は私のもの、夫のお金も私のもの」という思想だったから、夫婦の間で喧嘩したことはない。しかし大きな額の出費はやはり家族が承知した上で使いたかった。

今までで、私がもっとも大きな出費をしたのは、サハラ砂漠を縦断する旅をした時である。それは私が一生に一度、したいことだった。銀座には一人で行けるが、サハラを縦断する旅は一人では不可能である。それで旅行は六人で出掛けたのだが、出費の主なものは、最も年長でたまたま収入も多かった私が払うことにした。二台の特殊装備をした四駆を買うことがその主なものであった。

お金だけあれば、そういうことができるわけではないのだ。私はそのことをよく知っていた。基本は友情である。サハラ縦断の旅は六人の仲を決して裂くことにはならなかった。六人は、今もよく会ってはお酒を飲んでお互いの面前でワルクチを言い合っている。その時から、私は自分がほんとうに使いたいと思うことには、家族や周囲や世間に対する感謝を忘れずに使うことにした。

「何十年も、バーの払いにお金を使うこともなかったんだもの」

というのがその時の私の言い訳であった。私の若い頃（今でもたぶんそうだろうが）、男の作家たちは、日が暮れれば必ず銀座か新宿に繰り出して行ったものであった。中には流行作家で、当時でもバーの払いが月に百万円と噂される人もいた。私もやがて少しは収入が増えたのだが、それでも私はバーにも行かなかったし、他の女流作家のように着物に凝るということもなかった。

私のような生き方がいい、というのではない。一生懸命に生きているバーのママたちを私はたくさん知っているから、あの人たちのことを思うと、私はバー通いをしてもよかったかなと思う。まじめに商売をしている呉服屋さんのことを考えると、私はもっと着物を買ってもよかったのかもしれない。しかし私は何をしなくても砂漠に行きたかった。

「奥さん、サハラに行くんだって？」

と当時他人に言われる度に、夫は、

「砂漠に行くと神が見えるんだそうですよ。しかし砂漠に行かないと神が見えないというのは、不自由なことですなあ」

と笑っていたのである。

夫は自称ものぐさでケチだから、私のような旅行はしない。しかし彼は、私の人間としての希望をできる範囲で叶えてくれた。夫婦が二人して、貯金だけが唯一の楽しみということになったら、それもまた何となく興ざめなものだ、と彼は知っていたのだろう。

これは私の独りよがりの感じだが、人間はどれかを取ってどれかを諦めれば、許してもらえるような気がする。何もかも、という強欲がいけない。しかし人に迷惑をかけない範囲で好きなことをしていれば、それは世間から「愚かな道楽」という程度で許されることが多いように思う。そのどれかをはっきりさせるのが中年以後なのだ。

子どもの教育にすべてをかける親たちはそれなりにすばらしい選択をしたのである。

私の周囲には、まだ嬉しいことに二人、三人の子持ちという中年夫婦がいくらでもいる。三人の子どもが高校、大学に進む頃は、どこの家庭でも戦争だ。車から家に運び込むだけだって重い十キロ袋で米を買って来てもあっという間になくなるし、電気釜いっぱいに炊いたご飯は翌朝まであるはずだと思っていても、夜中にお腹を空かせた誰かが食べてしまえば翌朝の予定は狂って来る。スキヤキ用のお肉も五百グラム単位の細切れを三包み買って来ても、どこかもの足りない。その頃の母親は、ブラウスとスカートを買うだけでせいいっぱいだ。ちょっとしゃれたアクセサリーを買いたいと思っても、入学金、進学塾の費用を考えると手がでない。しかしそんなグチを聞かされてもやはりいい選択をした、と私は思う。

事業を限りなく大きくしたい、という人は世間によくいる。私には一番わからない情熱だ。店の数が増え、事業の規模が大きくなれば、必ずどこかで経理がいい加減になっていたり、従業員の数が足りなくなったり余ったりする。従業員の数を適当に保つことだって、地獄の思いだろう。バブルの時には、いつも人手が足りなかった。人が足りないままにサービス業をやるなんて、考えただけでも夜も寝られないほどの心労だ。その人手が最近は余っている。大してすることもなくただ立っている従業員を雇った人が見たら、また胃が痛くなって来るだろう。そんなからくりはとっくにわかっていることだろうと思っていたけれど、たぶん今度のバブル崩壊であちこちの大手企業がひどい痛手をこうむったところを見ると、やはりわかっていなかった人もいて、自分ほどの事業の腕前なら、何とかそれをやりこなして行くだろう、と自負していたのだろう。

お墓一つでも、その家や当主の趣味というものが色濃く出る。或る人が事業の最盛期に作ったお墓は立派過ぎて、あの世に行ってもまだ社会的な権勢を誇っているように見えることがある。私はあの世で再び、気楽で温かい家族の再会や団欒《だんらん》を楽しむつもりだから、お墓もちんまりした気楽なのがいい。しかし立派なお墓を作ることが、何より先祖への供養と思っている人たちもいるのだから、私の趣味でものを考えてはいけないのだ。

私はバブルの時代にも、投資ということはしなかった。しかし慎ましい性格ではないから、サハラに行きたかった時のように、自分が使うものでほしいと思うものは、他人がぜいたくだと言いそうなことでも、身勝手にお金を出すこともあった。そういうわがままをさせてもらえることを、私は家族にも、運命にも、日本国家にも、そして神にも深く感謝していた。私はいつも感謝ばかりしていた。当然と思ったことは一つもなかった。たくさん与えられていながら、不平ばかり言っている人もいるが、私はこんなに与えられているのだから、常にせめて何かを諦め捨てていなければならない、と自分に言い聞かせていたくらいだった。

仕事でも趣味でも自分が楽しめる実生活の規模でも、自分の手に余ることがないよう、その範囲を賢く現実的に見定める気力体力は、中年にしかないものなのだ。

人間を止《や》めない人

——徳のある人になること——

中年以後に最も大切な要素についてふれて、この連載を終えることにする。

前にも書いたが、健康もその一つであろう。まあこれくらい大丈夫だ、という感じで、煙草もお酒も飲み放題だった人は、必ず早目に健康も害しているような気がする。少々の痩せや肥満を、一々神経質に気にすることはないけれど、程度を越えた体の老化や異常は、明らかにその人の責任である時が多い。

異常が表面化して、すぐ死ねば問題ない。しかし病気の結果、体が不自由なまま治らないようなことになると、これは、当人に取っても大きな負担になる。よく言われていることだけれど、冷凍食品やレストランの食事を食べ続けて、健康が保てるわけはない。人間はやはり、素朴に自分の手で煮たり焼いたりして口にするものを食べて生きて行くのがいいのである。昔からそうだったことには、それなりの意味があるだろう、と思う。

これから私たちは、義務としても病気になってはいけない。健康保険料を払っているんだから、病院の薬はもらわなければソンだ、と思っているおかしな年寄りは何時の時代にも出るだろうが、できれば、自分が払った健康保険料は使わずに生きていきたい。どれだけ自分が払ったお金を自分が使わずに、他の人に廻せるか、ということを一つの趣味にしよう、とバカなことを考えているのである。

しかし中年以後に、一番大切なものは何かと言ったら、それは「徳のある人になること」だろう。

最近の人は昔の人が考えられないくらい、お洒落になった。私の母の時代には、女性は六頭身だった。私の時代に七頭身か八頭身になり、今の娘たちは九頭身か十頭身になっている。

昔はふくら脛《はぎ》の真中がやたらに太い大根足というものが、実在したのである。しかし今は、市場《しじょう》で有名な練馬大根も三浦大根も、大根自体がすらりとした形になり、それと同時に娘たちの足も真っ直ぐでみごとなものになった。

身につけるものだって、ブランドものに夢中になるのはいただけないけれど、着こなしてきれいになった。外見のお洒落は、ほぼすべての人が達成したのである。

もっともこのお洒落にも浅ましいものがある。足がもっとも長く見えるスカート丈というものは昔から一定の法則が発見されていたのだが、それを無視してくるぶしまで届くほどのやたらと長いスカートをはいている高校生もいる。電車の中で大きな鏡を出してお化粧をする高校生を見ると、「親の顔が見たい」と思う人は多いのだそうだが、そこには人を香よく見せる慎みがないからだろう。

外見のお洒落が完成するに連れて、魂のお洒落の方は、ますます醜くなって行く。中年以後、外見は衰えるばかりである。三段腹、二重顎、猫背、白髪、禿げ、たるみ、その他あらゆることが決していい方には行かない。その時に、不思議な輝きを増すのが、徳だけなのである。

徳は広範で、私たちの見ている天空のようなものである。そこにはあらゆる人間の、人間だけが持つ不思議な輝きが、光を放っている。光は人生の黄昏《たそがれ》から夜の近い頃になって初めて輝き出して当然だろう。

私は最近、詩を作るようになった。新人だから、公表するほどの作品ができているわけはない。死ぬまで隠しておこうか、と思ったが、そんな見栄を張るほどの年でもない、とまた自分でおかしくなっている。
　二つの詩が、私のこの最終回で言いたかったことに、部分的に答えているようにも思うので、恥を忍んで、私の処女作である詩を使うことにしよう。

「人間を止《や》めない人」

伸びたパーマの根っこから
染め残した白髪が無残に伸びているから。

ああ、あの人は女を止めたのだな。
だから灰色の枯葉模様のぼりえすてるのちぢみのブラウスを着て、
だから丈の短いズボンをはいて、
だからくたびれた靴を内股にして、
坐っているのだな。

ところが突然、赤子を胸におぶった若い女が

ちょっと離れたところに向こう向きに立ったのに、
無関係のはずの女を止めた人が、
つっと立って行って若い女に席を譲った。
女を止めても、人間を止めてはいない人。

男性や同性の眼から見ても、女性として何のお洒落気もなくなった人でも、人間を止めることさえしなければ、数秒後にはその輝きはあらわになるものなのである。そして往々にして皮肉なことに、外面的な魅力が失せた後にこそ、人としての魂の栄光だけは強烈に前面に出るのである。

下手な詩をもう一つ。

「文武両道」

電車に乗るや、
見知らぬ人の職業をあれこれと推測し、

親を推測し、死んだ夫を推測し、
飼っている犬を推測し、
　カラオケ好きかを考える。

悪意善意をとりまぜて、
決して当たらぬ無駄仕事。
　ヒマだねえ。

男は、
薄くなった髪に、襟先の歪んだポロシャツ。
顔の形は、シュウマイ弁当の醬油入れ。
九月だからシャツがくたびれていてもしかたがないけれど、
私の生まれた月だからすべて色褪せていてもしかたがないけれど。
でももっとじろじろ見たら、
凜としたケースに入れたラケットを足の間に保ちながら、
本を読んでいた。

盗み見たら、私の親友の津村節子の短編集。

この人、文武両道。

このくたびれたポロシャツを着た男は、電車の中でも目立たない存在だった。風采もあがらないし、おしゃれでもない。しかし彼には身についた端正な生活の姿勢がある。それはたえず、肉体と精神を錆びつかせまい、という一つの明確で強靭な意図のようなものであろう。それが平凡な外見を突き抜けるようにして、何となく目立ったのだ。

電車の中で漫画雑誌やスポーツ新聞や競馬新聞を読んではいけないというわけではないけれど、しかしそれは精神の「姿勢のよさ」を示さない。

彼は津村さんや私の世代よりはるかに若かった。津村節子さんの小説のどこがお好きですか？　と嬉しくなって聞きたかったけれど、推測するより他はない。ただ、少なくとも彼は折り目正しい生活者だろうと思う。

中年以後は、自分を充分に律しなくてはならない。自分にしっかりとした轡《くつわ》をかけて、自分の好きな足どりで、しっかり自分自身を馭《ぎょ》さなくてはならない。

もう結果を人のせいにできる年ではないのだ。普通の人なら、親と離れてからの時間の方が長い。たとえ親がどんな人であろうと、その間に充分自分を育てる時間もあったはずだ。

中年以後がもし利己的であったら、それはまことに幼く醜く、白けたものになる。老年は自分のことだけでなく、人のことを充分に考える年だ。自分の運命だけでなく、人の運命さえも、もしそれが流されているならば、何とかして手を差し延べて救おうとすべき年齢なのである。

もう何十回も私はエッセイの中で、「徳」をしめすアレーテーという古代ギリシア語は、「勇気」「奉仕貢献」「卓越」と全く同じ言葉だと書いた。私のエッセイを読んでくれている読者はごく稀だと思うから、私はもう一度それを繰り返すことを許していただきたい。中年になっても、いささかも「奉仕貢献」などしようと思わない人は、徳がないのだ。徳がないことは卓越もしていない証拠なのだ。少なくとも、ギリシア人は、もう数千年も前からそう考えた。

中年になっても、確信を持って人と違うことを言ったりしたりする勇気を持たない人は、徳もないのだ。当然卓越もしていない、とギリシア人は考えた。この偉大な連動的な思考に私は圧倒される。

トマス・アクィナスは知性の徳と、意志の徳（道徳的徳）とを区別した。知性の徳には、理解、知識、知恵、思慮分別の四つが区別された。

一方、道徳的徳には三つの特徴があった。正しさ、中庸、勇気であった。どの一つを取っても、それは中年以後に独壇場と言ってもいいほどの特徴を見せてやって来る。人はまともな生活を続ければ、それなりに自然に、理解も、知識も、知恵も、思慮分別も、年齢と共に増すのである。まともな生活をしなければ、老化が早く来るから、この年月の自然な恵みが与えられないことになる。

正しさとは、他者に対する負い目を自覚することだという。私たちはさまざまなものに育てられた。親、家族、恩人、先生、郷土、社会、祖国などである。そこから受けた負い目を支払うのが正しさであるとトマス・アクィナスは規定する。

若いうちに負い目などというものを、少なくとも、私は意識しなかった。私の大学の学費を出してくれたのは伯父であった。その伯父が亡くなってから、何十年も経ってから、やっと私は、それが只事ではない伯父の厚意だと理解するようになった。そしてせめて伯父の息子にそれを返したいと思うようになった。しかしこんなことは、若い時には思いつきもしないことであった。

中庸は激情を制して、理性に従属させることであり、勇気は逆に恐怖を制して、これもやはり理性に従属させるものだとトマス・アクィナスは言う。

これらは今風に言うと、人間という機能のハードの部分ではなく、ソフトの部分であろう。青春時代に人間は、ハードを完成させ、中年以後に豊かなソフトを用意する。いきなりソフトができるものでもないし、ハードだけあっても、ソフトがなければ、機能は完成しないのである。

徳こそは人間を完全に生かす力になる。

すなわち、「思慮分別は理性そのものを、正しさは意志を、中庸は魂の欲情的部分を、勇気は魂の怒りの感情を、完成させる」のだという。

思えば人間の生涯は、そんなに生半可な考えで完成するものではないのだろう。時間もかけ、心も労力もかけて、少しずつ完成する。当然のことだが、完成は中年以後にやっとやって来る。

そのからくりを、私は感謝したい。完成が遅く来るのは、人生が「生きるに価するものだった」と人が言えるように、その過程を緩やかに味わうことができるようにするためであろう。早く完成すれば、死ぬまでが手持ち無沙汰になってしまう。そんな運命の配慮を、私は中年以後まで全く気がつかなかったのである。

一九九九年三月　光文社刊
二〇〇〇年十二月　知恵の森文庫刊

光文社文庫

中年以後《ちゅうねんいご》

著者 曽野綾子《そのあやこ》

2007年6月1日 初版1刷発行

発行者 篠原睦子
印刷 堀内印刷
製本 ナショナル製本

発行所 株式会社 光文社
〒112-8011 東京都文京区音羽1-16-6
電話 (03)5395-8149 編集部
8114 販売部
8125 業務部

落丁本・乱丁本は業務部にご連絡くだされば、お取替えいたします。
ISBN978-4-334-74259-1 Printed in Japan

お願い　光文社文庫をお読みになって、いかがでございましたか。「読後の感想」を編集部あてに、ぜひお送りください。

　このほか光文社文庫では、どんな本をお読みになりましたか。これから、どういう本をご希望ですか。

　どの本も、誤植がないようつとめていますが、もしお気づきの点がございましたら、お教えください。ご職業、ご年齢などもお書きそえいただければ幸いです。当社の規定により本来の目的以外に使用せず、大切に扱わせていただきます。

光文社文庫編集部